亦舒作品

整个地球上的水分，都一模一样，没有什么曾经沧海难为水这件事。

人，真是要聪明到很聪明的一个地步，才会发觉自己笨得可以。

我哥

过去的人，过去的事，放在心底，午夜梦回，取出回味，白天宜努力将来。

幸福并非必然，故此感恩。

没有什么比一份合理收入更能叫一个女子独立。

如果有，还未找到

壹·生活

亦　舒　散　文

目　录 × 01

Content *Page*

/如果有，还未找到/

陆·电影

亦 舒 散 文

目 录 × 0 6

Content *Page*

/如果有，还未找到/

伍·时间

亦 舒 散 文

目 录 × 0 5

Content *Page*

/如果有，还未找到/

贰·不敢

亦舒散文

目录 × 02

Content Page

/如果有，还未找到/

叁·烙印

亦　舒　散　文

目　录　×　03

Content　*Page*

/如果有，还未找到/

肆·静寂

亦舒散文

目录 × 04

Content *Page*

/如果有，还未找到/

华语世界深具影响力作家

亦舒 作品 21

如果有，还未找到

CNS
湖南文艺出版社
HUNAN LITERATURE AND ART PUBLISHING HOUSE
博集天卷
CS-BOOKY

作品

贰拾壹号

壹

生活

+

没有什么比一份合理收入更能叫一个女子独立。

求真

英皇孙皇妃访问加国[1]，第一个献花的，是坐在轮椅上不良于行的小青年。

第二名是七岁小女孩，全无头发，她患癌症，正治疗中，十分羞涩。皇妃蹲下良久，与她讲话，皇孙则说：“有需要尽管找我。”

第三个是亚裔，没有双臂，对记者说，参与盛事，十分高兴。

[1] 加国：加拿大的简称。

还有一位八十老太也来趋兴："四十年前欲向女皇献花不遂。"皇孙威廉笑："那你此刻快把花束递给我。"

通通老弱残兵。

也不觉有何不妥，世上每个国家均有伤残人士老妈老爹，不必刻意隐瞒遮掩，需协助尔等融入社会，参与各种活动。

十分庆幸这不是一个完美主义国家，民众穿着极其普通服装，手持后园摘取花束，温情搭够，欢迎贵宾。

最有趣是仪仗队，全属志愿军，高矮肥瘦，包罗万有。记者还时时抱怨凡有峰会，总理必然穿得最坏。

果树

报上广告：五敢陈列地，大小树木，棕榈、银柳、日本杨柳。

果树：亚洲梨、苹果、枣柿、桃花、杏树、樱桃，肥泥送货或自取，日本红枫、两加仑盆木兰、玫瑰、精选牡丹，各种花卉不能尽录。

到了花圃园子，只闻到温柔清香，浑忘烦恼琐事，感觉良好，流连忘返。

初到加国，看到友人后园大苹果树，蔚为奇观，数千枝果实累累，一半已坠地，无人理会，立刻想起：艾萨牛顿[1]必定就是在一棵如此苹果树下得道。

住久了才知道果树并不太受欢迎，果子会引来黑熊、獾熊、野猫等动物出没，还有会针人黄蜂，家长怕孩子受伤，往往除清果树。

志工每到果子成熟，会应邀上门采摘收取，转赠有需要人士。

园子还有成群野草莓，春晨，雀鸟聚集啄食，为安全计先挑高枝，然后才啄低处果实。

最怀念的，仍是亚热带影树，羽状碎叶、烧红天密密大红花，唉，真是没有什么想什么。

[1] 艾萨牛顿：艾萨克·牛顿（Isaac Newton），英国物理学家。

蛮吓格

内地发生交通事故，记者访问一漂亮少妇："你感觉如何，可会害怕？"

少妇低声据实用沪语答："蛮吓格。"

这三字用温糯上海话读出，忽然不那么震惊可怕，译粤语，就是"都几得人惊喋"，用普通话，即"有点怕"。

上海话由好看妇女说出，真是什么都动听，但不知怎的，个人认为男性讲来，忽然轻佻，还是国语，同法文一样，男女老幼讲，即使读菜单或公安条例，也够悦耳。

其余那数十种方言，能够交流意思，已经足够。

我的沪语带浓厚宁波口音，内地同胞一听就察觉，被宁波同乡会会员邀请聊天：“很久没听到家乡话，十分寂寥。”

弟来访，两人努力讲母语，竟觉生涩，唉，反认他乡作故乡，他说：“阿妹我老肤筋渣了。”

在公共场所，听见有人讲上海话，会得走近些，微笑聆听，根本与音乐差不多嘛。

这是思乡吗，大抵算是。

文身

从前文身的是水手，左臂一个美女，右臂一颗红心，中央插着一把匕首，好不冶艳，还有江湖好汉，九纹龙史进浪子燕青，擂台摔跤，上衣剥下，观众见那满身花纹，已经喝彩。

今日最喜文身的是球星、歌手、演员，以及年轻的普通人。一日在商场看到长发细腰女子穿大露背，背脊一个硕大印第安图腾文身，无比夺目。

玫瑰文身已不大流行，先是人像，文身师傅手工与艺术造诣均一级，栩栩如生，但据说最难做的是字体，有壮汉把诗篇第二十三篇金句文在胸前：“我虽经过死荫幽谷，也不致遭害，你的杖你的竿，都与我同在。”又有男模，把脸与身文成骷髅，极端。

文身除不掉，激光治疗过程痛苦昂贵，文上人名之前最好考虑再三。

针刺到肉，当然知痛，最痛是两胁，即腋下一带，怪不得华人选两肋插刀，表示真心够义气为朋友。

还有脚背，意外地痛，文身师都预先警告。

华裔背脊，最佳选择是一幅清奇八大山水，足踝上，可文齐白石活泼墨虾。

幸运

报载，富家少女与男友往欧洲旅游，乐极忘返，竟一去三个多月，连老父生辰都不回家，经过警告，才与男伴双双返回。

羡杀旁人可是。

该名少女长相非常非常美艳，又那般懂得享受生活，且具足够条件，怎能不叫普通人妒忌，想该次旅游，花费何止百万，又能腾出人生最美好岁月中整整三个月，不枉此生。

同日报上又有一段新闻：某富商孙女即日起出任总裁掌内地红木大酒店，照片显示一脸稚气的女承继人。

是有人特别幸运，这叫作各有前因莫羡人。

自称童工自小写稿赚生活的我有时也会“唉”一声，不是羡慕财富，而是家有底子到底有个选择：恋爱固然不妨，事业也在等候。

像友人鞍华，埋头埋脑拍电影，浊水自清，不理得失，只管理想，多开心。

大树遮荫，免却多少推撞挤踩，无须理会揶揄挖苦奚落讥讽，世态炎凉何有哉。

至于其他人，必须先花宝贵时间赎身，才能自得其乐。

生活

最折磨人的是生活，商业社会，一个人的价值，只有他收入那么多，活在真实世界里，多说无益。

享有盛誉写作人，生前已备受歌颂，但他长居小汽车酒店，那种地方，治安设备恶劣，叫一般人害怕，但不必先付按金水电费或是购置家具与毛巾被褥，附设电话与洗衣设备，一日算一日，每日早上，付出房租，便有地方过夜。

晚年潦倒，真是蛮吓格。

华裔最知道艰苦，近日黄金价格飞涨，银楼见两条长龙：西人排队出售，华人排队收购，蔚为奇观。

若干友人自费留学取得一级荣誉文凭回来，忙找工作急觅居所，这才知道，学识归学识，现实是现实。从此看世界，态度全不一样。

鲁迅曾在他杂文中明明白白详细讨论过这一问题，好文章当然十分辛酸。

自国家到个人，无论如何，都先得把经济搞起来再说其他。

没有什么比一份合理收入更能叫一个女子独立。

早

一直喜欢早，早起，早开工，早做妥家务，早早更衣外出散心，早去早回，明早再来。

早上人少，银行店铺不见人龙，可节省时间，不必轮候，提早申请这个或那个，无谓一窝蜂。

故此不能挨夜，任职公务时曾当夜更，过了午夜十二时，东歪西倒，同事讶异：“真没想到衣莎贝如此不能熬夜。”仿佛略写数行，便一定是夜猫。

一日，早上七时三十分，接《明周》编辑电话：“可有吵醒你？”笑答：“已经写完今日功课。”

然而这不过是个人习惯，喜欢早就早，喜欢夜就夜，接受评分的只是工作成绩。

早点做完工作，感觉是其余时间可以自由，安心无聊地躺着，思别人之过，埋怨生活寂寥，逼家人聆听义和拳故事等。

有一件事必须尽早：非得在适当时候退出江湖，极少人的面孔到了七老八十还像爱因斯坦那般可爱，应备自知之明，知难而退。

今日社会，如此多四五十岁中年人举止衣着扮年轻人，就是因为迟到。

读书高

“华裔孩子学三语”“迈向大学途径”“培育英才二十年”“誉满补习社招收各科新生”“子女入学明灯”“启发孩子天赋，认证教师上门补习”“准备开学大行动”……

这些并不是中国报章的广告专栏警语，这是加国华文报刊上几乎每期常见标题。

华裔家长把勤学风气带到北美，严厉实施，最大得益是各间大学，理科入学分数最高已提到九十二，只取录百分之二十五中学毕业生，而这一批优异生，四年内能够大学毕业的竟只有百分之十五！

较松懈的家长如我，不禁怪叫：这是干什么！

现在拿九十分上下只好算“一般亚裔子弟”，女儿如是说，还有优秀的韩裔子弟加入苦战，他们不但外貌秀美，音乐造诣也十分精湛，一不小心，全比下去。

本来颇为闲逸的卑诗省[1]，忽然奋发图强，与弟诉苦，他笑笑说：“还是同新加坡差远了，不可抱怨。”

大学里多见黄肤，有社会评论员曾为此大发牢骚，校长们却回应：“一点也不介意。”

现在公立小学也办全日学前班，小儿们对着计算机努力学习，华文报章每年为全省小中学评分，家长争入名校。

---

[1] 卑诗省：加拿大不列颠哥伦比亚（British Columbia）省的别称。

为谁辛苦

这则小故事是真的：一位太太在地铁车厢见少女脚踏四吋[1]高跟鞋，她忍不住问："阿女你穿这种鞋子，是为着什么人？"

真的，每天花大量时间金钱，装扮得人人一模一样的时髦娇俏女：假睫、鬈染发、紧身衣、超短裙，还有那可致命高鞋，到底为着什么？

若干女性因职业需要，不得不做类此尖端荒谬打扮，

[1] 吋：英寸旧称。1 英寸等于 2.54 厘米。

歌星站台上，衣服浑身亮片水晶闪光夺目，毕竟占便宜，一般普通人，上下班已经够辛苦，买盒饭、挤公交车，穿四五吋细跟鞋为何，为谁？

吸引异性？你会喜欢一个被小背心流莺鞋吸引的男子吗？如不，可考虑较舒适打扮。

美妇女杂志普查：百分之七十余年轻男子觉得女生最好看打扮是白丁与牛仔裤，那人若是钟情于你，不必劳驾红唇长睫。

他们现在也不那么愚蠢，颇知道未来伴侣是生活伙伴，不但要懂得照顾自己与家人，且需撑起经济，临危不乱，吃苦耐劳。

妖冶装扮市场日窄，行情欠佳，这是回头是岸的时候了。

美术加工

打算刊出的文字，总得略为美术加工，最好不必直话直说。

G 先生说他最不赞成自夸、捧人，或是写家里小猫，一般读者要求不高，却也怕看到作者长篇大论描述亲友或自身苦病情况，若有爱与同情，不必暴露真相。又怕专栏叙述谁谁谁赏饭，席上坐什么人，吃了几盘大菜，说过何种是非，批判过哪些人，娓娓道来，丝毫不觉无聊，确系异人。

“太聪敏了！”写的不是别人，是他阁下子女。

“我现今身价二十亿。”白纸黑字，不打自招。

“作品盛行畅销中国第一人”……

从前需要air brush，今日需添柔和app，美化则个，读者比较好消化。

还有他老人家十五岁那年的初恋细节，今时今日爱人的热情，半世纪之前冤家亏欠了他，一五一十，均可示人。

有些像讣闻栏，每隔三两天便“某某你走好”，相信我，你若真伤心，一个字也写不出，苦不堪言，就是此意，专栏篇幅岂可做如是用。

唏。

美齿

一个妈妈对年幼子女这样说："看，所有电影里的怪物都有同一特征：獠牙、烂肤、脏指甲，所以你们要勤刷牙，好好洗脸洗手。"

讲得真确：黑湖妖、狼人、异形、吸血僵尸……全部衣冠不整，没注意个人卫生，丑得骇人，一口牙齿，瞎七搭八纠缠，嘴唇合不拢，滴出涎沫，随时要吃人样子。

至今也只有美国人做妥牙齿功夫，所有电视台新闻报道员，大清早已梳好头发化妥妆，一口牙齿像香口珠糖，雪白整齐，穿合适衣裳，端庄地报告该日大事，这叫专业。

内地刚开放之际，文艺工作者现身说话，缺乏经验：跷二郎腿，夹一支香烟，半眯眼，头发黏一堆，一张嘴，牙齿如乱葬岗，还有掉了没补上的黑洞，他以为这是真性情，海外观众吓得说不出话，错过了子羽也只好如是。

受西方文化荼毒的一群人，只觉得诗人要似拜伦、小说家像费斯哲罗、导演如高达、画家是狄古宁，全部秀美飘逸，不知修饰多久，才做到那副潇洒的样子。

老了，写小说

“老了，我也想写一本书。”

“退休后最好是写小说。”

“有时间的话，我也会写作。”

那意思即是：有时间、空闲及无所事事之际，任何人都可以写出文字。

一位同文因此这样说：“挨至今日，我总算储够这几个条件：老了、退休，又大把时间。我终于可成功地写小说了。”

报载：一间出版社的编辑如此招稿，“喂，陈大文，快写几本流行小说，爱情也好，科幻也好，尽速交稿！”在他心目中，只要纡尊降贵，一写出来 = 流行 = 畅销 = 受广大读者欢迎 = 多么简易的一条公式。

稍后该曾经极度风光的出版社关门大吉，不知是否与主编的天真淘气有若干关系。

又行家猜测：“怎样令书本流行呢，拿一年半载出来，定期出书，那么新作可带起旧作。”也许还得添一个文昌位，实时灵感泉涌，名利双收。

好像都比外行还外行，啊，你要是喜欢写，最好即刻写出来，并且，做不成名作家，也甘心做无名作家，然后，勿把读者当冬瓜。

不要来

年前弟问及移民生活，这样回答：最好不要来。

光是置四季衣裳已经烦透：羽绒冬衣连手套帽子长靴，缺一不可，摄氏零下三十度，大风雪一片白茫茫，车子全得换雪胎，寸步难行。到了夏季，又上升到三十度[1]，相差甚远，冷暖气交替开启，木质家具吃不消，几番爆裂。

吃，基本上食物全白雪格取出，津侄说得好："习惯

[1] 度：此处指摄氏度。

冰冻鸡肉味道之后，也拿到护照了。”当然，有时间也可以往优质粤式海鲜饭店，已胜其他城市。

学业：天下乌鸦一般黑，功课非常之深，要求十分严格，同学无比顽劣，华裔子弟时遭骚扰。

人情世故都要从头学习，各族裔表面都还算客气，千万不要试图猜测人家心想些什么。

可是，也会习惯下来，春花秋月清新空气留人。

凡下鹅毛大雪，必定立刻添衣，跑到外边，站着好一会儿，仰头观景飘雪，享受静寂。

又特喜西人儿童与少年男女均十分貌美，赏心悦目。

半生漂泊，数次移民，没有祖家，也就不会萦念，一个固定地址就等于一个家，要求不高，容易适应。

0.1%

工作成绩进展艰难，友人苦恼至极，忽然明白到世上并无突飞猛进一事，大概同青春常驻、白头偕老这种祝贺词一样，是种憧憬。

每日练琴四小时的小青年说：“老师说，只要有 0.1% 进步，他愿以右臂换取！”

确是夸张，由此可知，苦心孤诣到何种地步，其情可悯。

0.1%，一点点，微不足道，所以不要再说一分有什么重要。又有行家一天欢欣若狂，他说千思万虑之后，忽然开窍，像拾到一把金锁匙，开启一道银色大门，走进秘密花园，心花怒放，如看到极乐世界，他自觉有 1% 进展。

大家还要揶揄，呵，云开见月明，竟然登上巅峰，当心摔下。

除出通胀，极少看到突飞猛进。

成年人都愿意为些少丁点回报吃苦，若觉得谁谁谁潇洒浪漫地又跨前一步，那是因为他表面功夫实在到家，所有艰苦，都长埋心中，没说出来。

朝思暮想，只为一个分数，何解？曾听一位严厉家长这样斥责孩子：“你都十岁了，还在混日子？”

大学

社会学者发觉这一代年轻人患长不大症候，故生回力棒效应，即离家不久，又回转靠父母，二三十岁，大学毕业，有份正当职业，仍然不能负担个人生活费用，皆因经济萧条，房价高企，物价飞涨云云。

想仔细一点，为什么今日的三十岁等于从前的二十岁？有专家指大抵是受大学所累。

不知从什么时候开始，大学越办越多，小小一个都会，七八间大学，人人要读多这四年才入社会拼搏，大好青年未见名利已蹉跎这几年宝贝光阴，而众所周知，身在学府，衣食住行通归父母，叫他们如何长大承担。

到了二十一世纪，大学文凭也不管用，又说，回来读管理科硕士或是专业文凭吧，业又是两至四年，真要父母老命。

每个北美学士平均欠政府三万美元债项，都说无法偿还，不少年轻男女转投蓝领工作，一个少女戴着头盔护镜对记者说：“我做建造业，每六呎[1]计一百元，我没有欠债。”

大学非读不可，但年轻人为大学所累。

---

[1] 呎：英尺的旧称，1 英尺等于 0.3048 米。

人在要紧关头，真需要一个说『不怕』的朋友。

不怕

女儿七八岁时发觉近视，验眼配镜，心事重重，对好同学香桃儿说："至怕有人笑我四眼。"好一个义勇双全的香桃儿，她这样答："不怕，谁敢奚落你，我一巴掌把他的嘴刮出来。"

人在要紧关头，真需要一个说"不怕"的朋友。

当年在英读书，意志消沉，没有一天不想回港。

一日，学校电梯坏了，要走八层楼梯到统计科，趁机愉快地说："到了八楼已过十分钟，只剩三十分钟课文，不去了，我在食堂等你们。”

同学们一声不响，两个替我挽书包，两个在前各拉一臂，两个在后推，扯上八楼。

日后，凡遭遇气馁之事，一有放弃念头，便想，怎么对得起那班小青年呢，路又走下去。

当然，英湖区诗人缓斯沃夫[1]的境界至高，一个春日，他在山坡看到漫山遍野黄色水仙花迎风摇曳，似为他盛放朝他点头，日后，在阴雨黑暗中，该情该景，都鼓励了他。

即使为一年一度名店大减价兴奋也是很好一件事，又可以愉快地生活下去，忘却所有邪恶的干预。

[1] 缓斯沃夫：华兹华斯（William Wordsworth），英国浪漫主义诗人。

演技三等

三流演技角色出场，一定弹眼落睛，做足表情，耸肩挥臂，声嘶力竭，努力演出，唯恐观众不明白他的意思。

二流演员比较含蓄，挥洒自如，像某导演吩咐：“不要像做戏，不要多余动作，不要太多表情。”他全及格，但是，他给观众一种感觉：他是演员，他会收工，稍后就回家去了。

一流演员，据说是这样的：当年伊力卡山[1]寻找《荡母痴儿》[2]里卡尔一角，占士甸[3]去试戏，表演完毕，导演问助手："如何？"女助手声音颤抖："导演，他就是卡尔。"

一年看张彻拍《报仇》，女主角是风情万种的汪萍，眉梢眼角交足功课，但导演这样说："汪萍，眉毛不要动。"在一旁听到，佩服到极点，在适当时候，不要做戏，比做足输赢更为重要。

几部台湾制作大收，主要原因，是观众不觉有人在演戏，他们就是他们，进入角色，成为角色。

观众要求日高，演得好是不够的，你还在演嘛，观众还认得你是××、××、××。

---

[1] 伊力卡山：伊利亚·卡赞（Elia Kazan），希腊裔美国著名戏剧和电影导演。

[2] 《荡母痴儿》：电影《伊甸园之东》（*East of Eden*）。

[3] 占士甸：詹姆斯·迪恩（James Dean）。

“不”之外

成年人都有求人的经验，或是有人上门，希望得到金钱与人情上帮助。

两者都非常尴尬难堪，而时代越进步，成功率越低，路上愿意出手相助的贵人几乎绝迹。

即使说不，江湖也有守则，“不”之后，切莫加添什么意见，像“人贵自立”“你已四五十岁中年，为何如此欠缺打算”“这年头人人自危，人问你你也不会照顾任何人”……这些免费忠告，就不用出口了，不就是不，无须给任何理由。

友人一次说："借什么，借多少，为什么要借，均已忘却，难关早已渡过，目的已经达标，但那人的冷言冷语，却永志心头。"

慷慨拔刀相助，解囊相助，之后，也请勿画蛇添足："看在你父母分上""念你孤寡""现在知道世界艰难了吗""蝴蝶到了冬天总会想到蜜蜂"……

世上所有事物都是quid pro quo[1]，以物换物，你拿什么换你所需？

欧洲向华借贷，华表示救急不救穷，有人冷笑说：割让巴特农神殿吧，立一牌子：西人与熊，不得入内。

---

[1] Quid pro quo：相等物。

企跳

温市[1]自北区往市中心，只有两条桥，一日早上，两道桥上都有人企图跳河，警方赶到拦阻交通，谈判专家设法劝那两个人下来。

车辆排长龙，司机乘客叫苦连天，这些好市民要上班、赶课、办事，说不定急病看医生，男女老幼，通通挤在桥上，动弹不得。

[1] 温市：温哥华（Vancouver）。

最纳罕的是，二人站栏杆上，看着碧蓝费沙河[1]，好几个小时，犹疑不决。

据记者说，有一位老先生终于按捺不住，下车，走到企跳者跟前，大声问："可要我帮忙推你一把？"

真是大快人心可是。

并非人心凉薄，而是好人时被衰人累的次数实在太多。

结果两人并没有成功跳桥，扰攘一番，终于获救。

大抵也是寂寞的缘故，像那种讨厌的臭脾气小孩，大吵大闹，图获注意，又像若干怨男怨女，不停无间诉对方不值不是，希望得到公众支持。

恐怕都会适得其反吧，真正痛不欲生，不想活下去，桥上跳下，十秒钟。

[1] 费沙河：弗雷泽河（Fraser River）。

约法一章

每个家庭都有不成文约章，可严可松，有些家长不准子女吃饭时讲话，另一些夫妇，财务完全独立，还有讲明小家庭，长辈不可借宿等，条款千奇百怪。

我家也有一个规矩，一早讲得一清二楚，先礼后兵，不知省却多少龃龉，关系得以维持数十载，靠的可能就是这个规则。

那就是，家中天地万物，像家具、电器、电子用品、书籍、工具、衣物、一切纪念品、首饰……不见了，就是不见，丢失，便是丢失。

永远不得追究。

也不许抱怨，推卸责任，责怪别人，以及叫人四处乱找。

必须不声不响，另置新的，是，账单交我好了，一部手提电脑值得吵得整家人不高兴吗。

如要推诿责任，那么，也全是老妈的错：重要电线噗一声全吸进吸尘机报销，电话在外套袋忘记取出扔进洗衣机狂洗四十分钟……

人生路上，我们不得不丢下的，何止几件日用品，为着生活，宝贵光阴，自尊、爱人与被爱的机会，全部放弃，还有什么值得不舍得。

再说，电子用品，日新月异，不坏也得置新款。

回自己家

电视有个节目，叫《婴儿第一天》，真人真事：各族裔妇女生育过程，把新生命带到世界。

有些妇女并非生第一胎，小哥哥姐姐都赶到医院探访，泰半十分友善，对婴儿说：“我是你朋友，不要怕。”轻轻抚头，加一个亲吻。

一次有个约两岁小哥，比较特别，他咚咚走入病房，检视婴儿，握他小手，玩一会儿，忽然起了疑心，这样问：“他自己的妈妈几时把他带回他自己的家？”

“他自己”，his own mother，own home 几个字特别加重语气。

那母亲愕然：“我就是宝宝妈妈呀。”

“不，不，”两岁儿惊叫，“你是我的妈妈！”

“他是弟弟，我也是他妈妈。”

小哥不接受，“不，不。”号啕痛哭。

观众笑得落泪。

人生太没有意思。可是，连妈妈都要与他人共享。

住在移民国家，不同种裔一起纷争，必定有人叫别人滚回老家：“回到你自己地方去。”一帮少年实在光火了，又熟读历史，反唇相讥：“这算是你的土地你的家？所有土地本属红印第安土著！”

叫人想起那小哥，回家之后，不知有否仍叫弟弟回自己家去。

认识 / 不识

有人说，他略赚得一点名气后，遇见过两种人，第一种，坚持认识他，大庭广众，高声扰攘走近："陈大文，又见到你了，记得三年前我们喝醉一起在弥敦道裸跑吗，哈哈哈，这件事快成为都市传奇，今晚我约了三名顶尖美女，大家一起再去喝死算了，谁付账不要紧。"

友人呆视此人，怎么样都没有印象，只觉从未见过。但，如何解释呢，只得缓缓退至角落，避之则吉。

第二种，坚持不认识他，长辈介绍："这陈大文是我们行业中后起之秀。”他正想谦虚，对方先抢白：“没听说过，不知你是谁。”即你尚未有资格叫他记住姓名。

友人说他实在忍不住咧开嘴笑得合不拢，认识，或不认识，双方全无进账，萍水相逢，若不能油滑地说声“久仰大名，如雷贯耳”，就点点头好了。

大家都觉得这两种人可怕。

不，还不算。

还有第三种，才叫人毛骨悚然，那是同一个人，开头坚持不认识陈大文，待陈大文生活稍为稳定，他又忽然恢复记忆，陈大文身上何处有颗痣都可以告诉大众。

同一个人哎。

合作

看到音乐人一起“Jam歌”[1]，十分羡慕，各有各所长，不同乐器，奏同一首歌，加些少即兴，融合一致，不分彼此，乐手脸带微笑，陶醉音符与友谊中。

所以室乐团那么悦耳，也是Jam的一种，最近舞蹈组也不甘后人，芭蕾舞美少女与男青年合跳，你古典他街头，却配合得赏心悦目。

画家也会合作一帧花卉或山水图，各人签上大名，通

[1] Jam歌：即兴演奏歌曲。

常不是那么成功，不过是凑兴，已经够开心。

只有写作人很难合作，编剧室你一言他一句，捕捉灵感，最终整理完稿那位，苦头吃足，也许比独自创作还困难。

作者互动，可能是打笔仗，不是吗，一个题材，他写完她写，纠缠大半年，直到读者投降。

夹份子出书，名字合作，文字始终各归各，创作是最私隐工作，这份职业收入虚无缥缈，唯一好处是自由，与人合作，即失去悠游。

一个作者的名字，如果不能叫他得到报酬，那么，就做一个没有名利的作者好了，与人无尤，不必与他人姓名扎成一捆推销，什么七子文集，又谁与谁对话，与作者对话的，应当只有读者。

贰

不敢

+

忍无可忍，重新再忍。

不说不知

小友诉苦：一度失业失恋，浑身都灰，真想自杀。

啊，大家惊骇，在众人眼里小友多年均心想事成，平安过渡，际遇起码中上，虽有些微挫折，也极速克服。

他的灰色意向，完全看不出来。

他补一句："那当然，难道还同你们说不成。"

啊，到底还年轻，不说，人家不知，已好算失意。他不知道，人若真正遇到噩运，不讲，人家也看得清楚。譬如说疾病，又像伴侣骤逝，或是经济出了纰漏，那种苦况，实实在在，一座山般挡住去路。

至于时运未到，别人比你红之类，不过是意气，努力向前，假以时日，一定可以做得更好，或是思想成熟之后，觉得名次不算什么，尽力才重要。

如果小友面如土色，四十岁像八十岁，疲态毕露，行为飘忽，言语古怪，大家会即刻警惕，但他一直把情绪与行为控制得不错，精神也不比谁差，照样吃喝玩乐。

是应该这样自爱，仇者有快可不必理会，却不能让亲者痛。

多么有趣

已故女演员伊丽莎白泰莱[1]生前拥有一颗三十三卡拉[2]名叫 Krupp 的巨型白钻石，现已拍卖。

一九六八年，当时的丈夫李察波顿[3]送赠她，她戴上后细细欣赏，丢下这样一句：“由一个犹太女子戴起 Krupp 钻，多么有趣。”How interesting，她说。

这颗价值连城，著名的巨钻，原本属于德国 K 家族。

[1] 伊丽莎白泰莱：伊丽莎白·泰勒（Elizabeth Taylor）。
[2] 卡拉：克拉（ct），1 克拉（ct）等于 0.2 克（g）。
[3] 李察波顿：理查德·伯顿（Richard Burton），英国演员。

这个姓字，历代做重工业，二次大战，为纳粹制造军器，当年集中营的焚化炉，就由他们设计制造，炉门上钉着K氏标志。

维斯康蒂[1]拍摄《纳粹狂魔》片中的逢艾森贝家族，就是影射这一家子，那真是愚见以为世上最恐怖的战争电影（第二部是宫崎骏的《萤之墓》[2]），观众会吓得饮泣。

盟军胜利后钻石流落市场，终于戴到犹太裔的泰莱手上。

所以她说：多么有趣。

其中感慨及伤痛，不言而喻，巨钻价值，反为次要。

---

[1] 维斯康蒂：卢契诺·维斯康提（Luchino Visconti），意大利导演。

[2] 《萤之墓》：《萤火虫之墓》。

痛

现代人全身都会无故发痛，所以止痛药广告排山倒海，无处不在。

连眼窝都会痛，鼻窦、太阳穴、嘴腔、颈骨、全身骨节、腰背、小腹二十年前做手术之处、膝头、足踝、脚底、肩肘，凡是有皮肤的地方都会痛。

实在无奈，只得服药。

同龄友人说：“已经每天运动，风雨不改，携小狗慢步跑，又吃的几乎是草根树皮，三年不知巧克力滋味，健康生活，但仍然傍晚头痛。”

同食物及生活习惯无关，她女儿喜与西人做伴，她想到便头痛，大家不好点明。

一日，发觉不但十根手指痛，而且尾指渐渐麻木，啊，原来逐寸死亡确有其事。

医生说：“一定要用，选幼儿阿司匹林，每日一颗。”但其他如八 A 牌与 M 牌效果更加迅速。

这还不止，每届花粉季节，全身红块发疹、痒不可耐，继而痛不可当。

不过成年人都知道，药物镇得住的痛，大抵还是鸡毛蒜皮，真正伤痛，药石无灵。

狗

老一脱华人不喜动物，尤其是狗，成语像“人心当狗肺”“狼心狗肺”“狗眼看人低”“狼狈为奸”“贼头狗脑”“走狗”“年纪活在狗身上”……没一句好话，他们还嗜吃狗肉。

刚在国家地理杂志上读到一则新闻：一只叫 X 的黑色拉布拉多寻回犬，游出海岸一又四分一哩[1]，把迷途的充气救生筏安全拖回，艇上有三十名乘客！真好意思。

[1] 哩：英里旧称，1 英里等于 1.609 334 公里。

北极圈土著说：没有赫斯基雪橇犬[1]，就没有他们。这是真相，大雪迷茫，伸手不见五指，卫星导航都不管用，只有伟大的赫斯基可以把他们带回家。

加国警犬如因公务丧生，警方当同伴那样安葬，致最高敬意。

军营里工作犬，更天天配上军章以及禁区出入证，它们工作量不容小觑。

飞机场缉毒犬以及侦查火药犬只，更不可少。

狗聪明、忠诚、活泼开朗，小狗尤其可爱，爱玩贪吃，家中若有病人或长者，最好添一只小狗，增添生气。

至于另一些人，他们喜欢什么动物？龙，真奇怪可是。

[1] 赫斯基雪橇犬：西伯利亚雪橇犬（Siberian husky）。

人与犬

喜欢看《明周》刊登的名人与犬专栏，图片说明一切，那些狗养尊处优，宠得像小人一般，十分骄纵，可爱到不行，名字也有趣，叫多多、妹妹、兜兜、芝芝、咪咪、阿福、华仔，狗也不负其名，洋娃娃似的伏在主人怀中，仿佛不用走路。

它们还穿上衣服，时装设计师为爱犬特别设计款式，既不嫌烦，也不怕脏，蔚为奇观。

这是一种社会现象，人文学专家或可写一篇论文，照说都会人多地窄，多数住在高层公寓，非常不适合养狗，但他们排除万难，克服环境，有些人还一屋养好几只。

是因为迟婚吧，更可能是婚后亦暂时不打算生育，故此养一只狗以慰寂寥。

狗忠心又活泼，带来生气，不要说听到主人脚步声，到了钟数，它会自发自觉到门口等，主人进门，它便上前欢迎。

都市越繁荣居民越是孤寂，幸亏有小狗，不嫌我们升级降职、失恋失意、发财输钱、挨骂受赞，它吃饱自然会逗主人欢喜。

科幻！

卫斯理全集结束之后，我等科幻迷寂寥到极点，无奈时只得观看 JJ 爱勃伦[1]的电视片集如《边缘团体》与《阿卡拆斯》等，前者说一个自相对宇宙绑票到这一边的悲惨男童成长故事，后者更加奇怪：阿卡拆斯黑狱一九六三年关闭后，全体囚犯重新分配到别处，但这并非事实，有六十三名重犯在空气中消失！到了今日，又从时空虫洞返回作案及复仇，他们相貌年轻不变。

[1] JJ 爱勃伦：J · J · 艾布拉姆斯（J.J.Abrams）。

看毕《印第安纳钟斯与水晶骷髅》[1]一片，女儿这样说："没有什么意念是卫舅没有讲过的。"

一日，在车里等人，看到一本她丢下的日本漫画，一看定价，哗，三十元，真确物离乡贵，打开，咦，是手冢治虫一九七三年作品《怪医 BJ》[2]，不禁翻阅，胜在全是短篇，人物造型可爱一如他首本戏《阿童木》[3]，故事紧张刺激，天马行空，却不乏根据，活泼生动，又含哲意，动人心弦，噫，与卫斯理何等相似，而且，与 JJ 一样，三人都不喜欢勉强给答案——读者你自己想吧。

回到家找出另外十多集，不管书多重，腕儿酸，脖子僵硬，瞄一瞄钟，已经凌晨两点，眼皮抬不起，仍然把漫画读完，痛快，过瘾。

大众喜欢看得懂的文字与映像。

---

[1] 《印第安纳钟斯与水晶骷髅》:《印第安纳琼斯：水晶骷髅王国》，即《夺宝奇兵 4：水晶骷髅王国》。

[2] 《怪医 BJ》:《怪医黑杰克》。

[3] 《阿童木》:《铁臂阿童木》。

拉斐尔前派

时尚杂志找来红发碧眼的少女模特儿，打扮成拉斐尔前派画家笔下造型，学着画中人的神情与姿势，哗，精彩，骤眼看，与原画几乎一模一样。

只欠一幅《但丁偶遇比亚翠斯》[1]，那张奥菲莉亚手握野花身穿白衣溺毙河中照片尤其神似。

与达文西[2]一样，他们也替富人情妇画像，可是，天

[1] 《但丁偶遇比亚翠斯》:《但丁与贝雅特丽齐的邂逅》。

[2] 达文西：列奥纳多·达·芬奇（Leonardo di ser Piero da Vinci）。

才画家也食人间烟火，达文西的《貂鼠女郎》[1]是米兰公爵的女友，因此画中全是美人。

拉斐尔前派画中主角脸色多数凝重，但，他们眉梢眼角仿佛预期着悲剧发生，凝固的一刹那，叫观众特别紧张，十分浪漫。

这一派系，在美术史并不占重要位置，比装修艺术与新艺术还轻，不能同无论挂在何处都赏心悦目的印象派相比。

不过，今日印象派画复印在糖盒与贺卡甚至雨伞上，拉斐尔前派却无此噩运。

一直向往美术，少年迄今憧憬到大学攻读纯美术，家中仍四处堆满画册，女儿副修美术，两人高谈阔论，十分痛快。

---

[1] 《貂鼠女郎》：达·芬奇的画作《抱貂的女郎》。

文具

一日，从香港带来的写字板破裂，要置新的。

跑到书店，挑两块，共十四元五角，是，这是老好塑料写字板，就是一块板，右边有一只夹子，稳定纸张，方便写字，多简约，多好。

现代的写字板，简直不算文具，像新式武器，尖端犀利，但太不经用，学生们的文具必须每星期轮流更新：不是坏了，就是丢失，还有，要更新款的。

永无宁日，试想想：绘图板、鼠标、摄影机、电笔、荧屏、计算机塔、手机、手提电脑、平板计算机……房间像电器店，一地电线，眼花线乱。

但也没见他们做出什么来，可是没了这些新进道具，更是什么都不用做。

真的需要这样：学堂全部计算机化，学生每人派一枚计算机匙，他们都挂脖子上，无论开门、上课、进入学校网址、取题目、读电邮、交功课，全靠这枚手指。

科技奴隶。

每周末回到家，便宣告：什么什么又坏了。很快成为新力电器店之友。

麻绳提豆腐

不知怎样讲才好。

写稿多久了？只好说，自《明周》创刊时写起，差不多啦，许多友人入行都自学徒做起，他们逐渐升为组长、领班、经理，终于创业做老板，成绩斐然，写作，好似永远无级可升，生涯孤苦。

结婚多久了？女友说：“结婚三十周年那天，忽然觉得奇怪，陌陌生生一个人，怎么会共同生活半生。”说到别人心坎里，我这里也三十二周年了，可是翻阅区报，不少启事祝贺老夫妇六十周年（！）除出用华裔奇妙的缘分二字，不知怎么形容。

贵庚?

刚看到新闻，埃及一场球赛骚动，竟导致七十余人丧生，又，新几内亚一艘渡船沉没，百余人失踪，天灾、战争、人祸、疾病、飞机邮轮汽车失事……原来活到耄耋并不容易，那就安分守己起来。

三十岁生日，如世界末日一般，几乎痛哭，请小老蔡刻闲章一枚，用《红楼梦》里“潦倒半生，一事无成”，蔡澜还嚷：“那是我那是我怎么被你用去了。”

幸好容忍力随年龄增加，努力生活。

俊男

“在加国生活那么些年，”小友问，“你说那边的男生可漂亮？”啊，答案是：多数高大英俊，泰半彬彬有礼，性格比美国人温和，故此分数甚高。

尤其是少年人，他们酷爱运动，体格英伟，胳臂是胳臂，腰是腰，浓眉大眼，笑容明朗。

华裔也日久同化，说话时一些小动作像挑挑眉毛，牵牵嘴角，特别可爱。

东岸多法裔，银行区穿西装年轻男子似时装模特儿，低低说起法语，好不动人。

中部省份工业及农业区是蓝领地，伐木、种麦、开矿，少一分力气不行，社会中坚分子没有不漂亮的。

南下的歌手演员，都取得上佳成绩，生活健康低调，回到家乡，仍朴素地乘搭公路车。

至于西岸，据说有最漂亮的厨师与酒保及夜总会女郎。

那么，加国最英俊的男子选谁？

可能是已故总理杜鲁多[1]的幼子贾斯汀[2]，出奇美貌潇洒，大眼炯炯闪亮，神采飞扬，留一头长鬈发，从不剪西式头，最近斥责环境部长退出京都环保条约："He is a piece of……"豪迈一如其父。

---

[1] 杜鲁多：皮埃尔·特鲁多，加拿大第15任总理。

[2] 贾斯汀：贾斯廷·特鲁多（Justin Trudeau）。

大陆国内

多年前的事了，少年无知的我如说起“大陆怎样怎样”，忽然受到斥责：“什么大陆大陆，叫国内！不叫大陆！”从此交恶。

天地良心，大陆二字，并无贬义，即中国大陆地，而香港，则是一个小岛，以便识别，英国人叫整个欧洲亦称大陆，the continent，因为大不列颠是英伦三岛，不过是一种简称。

恁地多心！

那样容易被得罪，那是一定会被得罪的。

一个老笑话，在某人面前不能提这个老字，但凡老好、老式、老实……都不能提，否则会招致杀身之祸，他不能去上海，沪人什么都老：老慢、老新、老急……

也许，日久会得练成涵养功夫。

友人说，他到新部门上班，电梯前站着几个同组同事，他缓缓走近，他们背着他不察觉，絮絮讲他闲话。他一声不响，直到三分钟后电梯到达，这班是非人蓦然发觉人家就在背后，还一起进电梯，你说谁比谁更尴尬。

友人所遗憾的不是委屈多，而是同事水平低，哗，英人作风。

小姐不再

法国人决定废除 mademoise 即小姐一词，因为该称呼意味着年轻、未婚，把女性分门别类，所以从此希望女子统称 mademe，所有公文、告示，均用女士。再见，小姐。

在德国，一九七二年已停用 frälein 小姐，统称 MS，一如美加。

这都是妇女权益分子争取的吧，其实全球妇女只需要三种权益：读书、工作与投票。

小姐、女士、阿妹、大姐，均无所谓。

只是，以后毕加索的名画《阿维农少女》[1]是否更名《阿维农女士》？法国人也称某种职业女性叫小姐。

维权分子在网页上说："一些女性喜欢人家叫小姐，这是性别歧视，她们茫然不觉。"

学校发信，只署姓与名，并无先生、小姐、女士之分，可省即省。

在英国时，还有资格被人叫 missy 或是 love，到了加国，变成 Louise's mom，连姓名都不见，老伴简称露妈，女权分子不知怎么想。

---

[1] 《阿维农少女》:《亚威农少女》。

荣誉

这是一宗轰动命案，英、美均有报道。

某日清晨，有途人发觉京士顿一条运河里淹着一辆房车，通知警方，捞起一看，车厢内有四名溺毙女子。

开头以为是交通意外，经侦查后，发觉是谋杀案，而凶手是同一家子的父、子及生母，死者是三个年轻女儿与父亲的原配。

这家人原籍阿富汗，在原居地，女子需百分百遵守习俗，而神圣不可侵犯的规矩是，父兄说的话就是教条。

该四名女子，尤其是三个少女，移居加国后居然穿小背心短裤及结交男友！侮辱家声，罪无可恕，非死不可！家里大太太因同情三女，也得陪葬。

就这样，一家七口，四个丧生，三名凶手被判终身监禁，荣誉得以保存？

凶手并无悔意：“为着维护家族荣誉，必须如此。”其余族裔震惊之余，不知如何置评。

为何移民？既然决定不会放弃原居地所有法则，跑来西方国家干什么？

风尘三侠

风尘三侠故事，第一次在初中中文课本读到，不知是哪个神秘人将之选入课程，内容其实不适合未成年少年。

故事牵涉到浪人李靖，他跑到跋扈的诸侯杨素处讨工作，杨不予理睬，他失意而去。呀，可是杨身边一个执红色拂尘的美貌侍女却看中了他，短短数分钟之内，已决定与李靖私奔。

这女子像许多古小说中女角如《三国志》里大乔小乔一样，没有姓名，就叫红拂，可以想象美丽聪明的她身边带着私蓄，终于，这对胆大妄为的男女流落在客栈的大通间，与其他留宿者打地铺一起睡，多么褴褛窘逼，但红拂处之泰然，第二早醒转，她还好整以暇整妆梳头。

这时，有个大胡子肆无忌惮目光炙炙凝视美人那把瀑布似乌丝及娇慵之态，李靖大怒：喂，我的女人，客气点可好！

三个主角均全无道德观，兵荒马乱环境，居无定所，生活没着落，却还不忘施展七情六欲——故事好看煞人，那大胡子只叫虬髯客，后来三人结拜，传说胡子跑到朝鲜国当家做主。

这个江湖故事，换个朝代，搬到今日，一样动人。

国会婴儿

这段新闻最有趣，标题《议长裁可带婴儿进众院》，加国新民主党国会议员哈萨尼亚在一次重要投票时，带三个月大儿子走入众议院，事件促使国会议员要求澄清，是否允许婴儿进入众议院。

有人也许会质疑：没有人可以在那段时间内代为照顾婴儿吗？丈夫、长辈、保姆呢？

国会很快裁定：议员可携带婴儿到众院，只要他们不干扰议政程序，胜利！

加国大多数母亲没有想过也未能负担保姆，不要说一个孩子，三胞胎也亲手带大，商场中曾见一对三岁大孪生儿推着婴儿车，一看，里边又是一对孪生婴，年轻母亲全部背起。

那还不止，她可能还有一份在家工作，赚取家用，听上去仿佛万能，实际上十分普遍，她们不以为苦，上超市也带着幼儿。

近年也有若干年轻男女觉得太过艰巨，于是迟婚、拖延生育，有孩子小家庭还是亲手带。

国会小婴胖胖十分可爱，大眼四处张望，身穿手织橙色毛衣（新民主党指定颜色），记者说：“看他，三个月已进入国会！”

狐狸

野生狐狸生命只得三年，但保护动物组织医务人员还是悉心照顾受伤小动物。

纪录片所见，一只幼狐被车碾伤，奄奄一息，年轻英俊兽医尽力挽救，做手术、缝合，最后轻轻放入笼中，这时，他奇突地叫护士“拿一只玩具给它”，护士也怪，立刻取来小熊玩偶，医生把狐狸枕在上头。

华人会想，过些时候，这只狐狸，或许会幻化成美女，前来报恩。

狐狸常被比为美人，狐狸精指会迷惑异性的美女，狐狸脸尖，眼大，小巧，优美大尾巴，的确可爱，但它天性残忍，若被它偷入鸡场，它会每只鸡都咬一口，却又不吃，鸡农十分恨恶。

说一个人像狐狸，并非赞美，但对保护组织，一视同仁。

狐狸聪明多疑，要救它并非易事，有人举报：废墟内有一窝幼狐，躲屋底不愿出来，立刻有志工跑去营救，静候数日夜出尽百宝才找到它们。

对他们来讲，众生平等，树木花卉也如此，所以产生了 free hugger，抱树者，环保到极端。

"看，蔡生"

一日，老伴正看电视，忽然高兴地说："看，蔡生。"连忙放下工作，抢着去看。

"蔡生神清气朗，叫人宽慰。"是，且笑容可掬，一贯谈笑风生，这次，他客串别人节目，更加自然。

身为老友，不禁莞尔，看上去那么舒服，并非偶然。蔡生穿一件骆驼色开司米长大衣，时尚地扣紧纽扣。看式样，不是登希尔便是爱马仕，稍后脱下外套，露出淡蓝开司米毛衣。人要衣装，蔡生外形一向健康活泼，其中功力，非同小可。

过了二十一岁，事在人为，如果选择不上镜，省时省力，整日穿运动衫裤即可。决定亮相，请郑重盘算，请勿穿胡桃壳取出不合身西服或旧棉袄，又脏破背囊属于十六七小青年，当然，头发也要梳好。

男子打扮得漂亮一向比女性容易，如有疑问，Z 牌或 H 牌深色西服即可，一套可以穿三十次。

过几日，忽然又叫："阿女，快来看卫舅上台领奖。"时时在电视看到亲友近况，不亦乐乎。

活着的人，拥有今日，期望明天，

还有后日，当然最好是向前看，大家说是不是。

无耳和尚

日本旧戏《怪谈》真叫观众难忘，“无耳和尚”一节，尤其意境高超。

主角不是无耳，他只是催化剂，这名失明僧人擅唱弹词，用琵琶伴奏。一夜，有人来请，带他到一个地方表演，“请唱源氏与平家在坛浦之战故事”。这是一场极其惨烈战争，平氏大败，全军覆没，宫女抱着幼主跳海自尽，海水染成血红。和尚歌声如泣如诉，叫听众潸然泪下，听得上瘾，着和尚晚晚到会。

不久，整个和尚寺与观众都毛骨悚然发觉，听唱弹的那群，正是平氏家族全体亡魂，他们为自身悲惨遭遇哭泣，恋恋过去，不能自已。

和尚师父为救徒儿，在他皮肤上写满经文，该晚，又有鬼魂来找，可是，和尚全身隐去，哎呀，一双耳朵漏了写上经文，鬼魂摘去双耳，向上头汇报，和尚从此无耳，逃得性命。

平氏整族的生命已经了结，不能复仇，也没有将来，恋恋过去，不住回缅旧日之事，似情有可原。

活着的人，拥有今日，期望明天，还有后日，当然最好是向前看，大家说是不是。

风调雨顺

少年时拥有一套《水浒传》连环图，放鞋盒内，每年暑假取出温习，得益匪浅。第一次接触到四大金刚，在花和尚鲁智深醉打金刚一回中。

花和尚这三字，已经精妙到叫读者拍案，四大金刚是庙宇大门守护泥塑神像，大醉的鲁某以为是敌人，打个稀巴烂。

连环图中金刚吹胡子瞪眼睛，足三人高，画工仔细，只觉其中一个提剑，另一个抱琵琶，这倒也罢，第三个举着一把伞，最后一名臂上缠着条蛇，什么意思，是武器吗？

不知过多久，一日，如醍醐灌顶，开了窍：四般法器代表风、调、雨、顺，这是四大金刚的名字，也是历代务农民族的盼望，那样才能丰收。

中文的象征奥秘曼妙又一次得到证实，叫人喜不自禁。

民居墙角瓦当有一猴子骑马图案，那是“马上封侯”之意。又长者佩饰上有猫与蝶，指耄耋，都是善祝善祷。至于孩子身上的金锁片，那是要把他们锁在人间。

回去

假使有时光隧道，可以回去，你最想见什么人？小友说最好能与慈爱祖母晚餐，也有人说见孔子讨教周游列国之道，失意人说，此刻才知，第一个男友对她最好，不知可否挽回。

小友说，真希望现在的她可以给少年的她些许忠告，回去，找到那彷徨懊恼的少女，告诉她：不要灰心，慢慢一步步走，把书读好，努力工作，凡百从头起，不必理会别人的揶揄讥讽挑衅低贬……

小友说想资助少年的她往欧洲游学，还有，置一层公寓给她安身，大家怀疑："时光隧道大抵不可夹带大量钞票或黄金，况且，即使可带，彼时的银行也不认得今日的钞票——"

一些鼓励已经足够，握着自己的手：不要怕，你的目标，一定可以达到，但成绩不是要做给任何人看，乃是为着生活更好。

说半天，没有人希望穿得更好吃得更贵，都是为着弥补精神损失。

那些在前辈眼中又懒又蠢又丑的少年，不少都成为社会有用人士，出息与否，在乎自身。

不敢怒不敢言

一日小友说起："自费留学回来，有人挑衅问：你那间，是否野鸡大学？"

我等客串长辈大惊，急问："你怎样回答？"

小友说："不敢怒亦不敢言，只说今日天气不错，其实响应就在嘴边，但做这种无谓争辩，赢了比输了还惨，既然立于必败之地，只得噤声。"

噫，做得好，原应如此，孺子可教也，若真急急辩白，可怎么对得起那扇四年寒窗，那密麻抄写笔记，那八千里路的云和月。

自由社会言论自由，什么样的人说什么样的话，后果自负。

江湖上至多寂寞的人，像那种马路边靠着围栏无聊的小阿飞，见女生路过："姐姐，你不睬我，也骂我几句呀。"实难应付，只得忍辱负重，视若无睹。

还有，忍无可忍，重新再忍。

毕竟好奇，故问："你在嘴边那句是什么话？"

小友笑答："等你学会二十六个字母之际，我才告诉你，那是间什么样的学校。"

啊。

目瞪口呆

“北极光三/四天航空团，天然奇观，人生难得一见，住宿四星级酒店，包暖气等候室，观赏极光，四五八元起另加机票。”

这是报上旅行团广告，今次太阳风暴异常活跃，释出大量带电粒子及辐射，与地球磁场接触，中亚与美英部分地区入夜均可见极光。

光这样物质，原本直线行走，要用镜子等物反射，才会折角转弯。

但极光完全不同，它会弯曲变形，一刻如卷云一般，刹那又似抖动锦缎，变化万千，颜色瑰丽，黄红蓝绿同时出现，而且面积极之广阔，覆盖整个苍穹，确是奇观。

有一车游客，等足三晚，一无所得，失望而归，坐在旅游车回程，忽然有人说“看”，整车人下来，就站在路边，看到那神奇的极光飞舞，足足八分钟，没人说话，再次上车之后，也惊叹得不知如何开口。

是的，从此，不会再为小事纷争。

不过，还有比这更壮观景色，宇航员说：那是在太空看到美丽小小蔚蓝色地球。

撬

到教幼儿中文之际，更察觉方块字奇妙。

像这个撬字，鬼祟滑稽到叫人笑出声：三个毛贼齐力用手去把一样东西揪出，还有掰，两只手当中隔一个分，大抵再也不能归原，还有象形透顶的甩字，已经扔出框子，无立足之地，那么这个凼字，小小一摊水，盛在乙内，啊，要小心，江湖险恶，可听过凼仔浸蛟龙这句话。

象形字由木林森，雨山川教起，开头不难，渐渐复杂。

笑字像极一个人踌躇志满地眯眯眼，哭字眼睛空洞绝望，再加一滴眼泪。

完全看不懂的草书，帖子上笔画优美似舞者水袖，美不胜收，笔字是竹管下一撮毫毛，噫，械花头似竹叶到绝点。

在外国，时有西人拿来含糊中文字问意思，忠告他们：“这个鸡字不宜永久文在身上。”“这句，中文字反转了，意思是又好又便宜，价廉物美。”……

新闻报道：华发出奖学金，资助卑诗大学生往中国学习中文，大部分是哥加索人，已经谙普通话。

一位同文，迄今不懂查中文字典，这是他一个大秘密，他查生字，由英文开始，然后看中文译文，有就有，没有也无奈，对他来说，学部首比法文艰难。

叁

烙

印

十

丢得开与否还属其次，最重要是莫让这一搭印记妨碍目前生活，

一个人的遭遇，冷暖自知，无须任何人了解。

Pip

狄更斯《孤星血泪》*Great Expectations*[1] 这本书真叫我耿耿于怀。

记得少年时刚学会 a man a pen，a hen and an egg 之后，升上初中，忽然之间嘭一声，书桌上多了一本狄更斯巨著，老师并没有向学生说狄更斯是啥人、来自何方、出生年月日、作品有何特色，一言不发，叫小青年硬啃。

向家长求助，得到一本袖珍中英三吋乘两吋大小字

[1] 《孤星血泪》:《远大前程》。

典，许多生字都找不到，而该书每一页起码三十个生字，读得头昏脑涨，结果测验时也不过明白四分之一。

那时无论做什么都是 sink or swim[1]，不如今日少年人，十多双手撑住，还呻辛苦。

直到成年，心怀不忿，决意重读这本小说，迄今一百五十年了，不是好书，焉得留传，以后每年再读，直至熟悉主角阿 Pip。

是否最好？不及《苦海孤雏》，与《双城记》更有一段距离，全体来说，雨果写反映时代的剧情小说，更为动人凄艳，但，狄更斯还是狄更斯。

对殖民地成长必须读英国文学的学子，别有一番滋味。

[1] sink or swim：成功与否，自己去闯。

烙印

传说欧洲一座古堡的大理石玄关地堂，有一摊血渍，每天抹清，第二早又再重现，数百年如此，永远无法彻底清除。

还有华人民间传说的人面疮，长在膝盖，活脱儿一个人头，有五官，会得瞪眼咧齿，非常可怕，用手术摘除，第二年又再长出，更加凶猛。

友人用激光清除一则文身，七八次昂贵痛苦治疗之后，医生说皆已除脱，但当事人横看竖看，轮廓隐约还在。

这叫烙印。

怎么样都摆脱不了，要真正还原清白，好似要待来世。

弗罗伊德[1]信徒会得说，这烙印不过是当事人心理障碍，白天，忙工作赶杂务，连姓名都丢一边，但一有空当，过去种种不如意事，一缕鬼魅青烟似的，袅袅上升，缠绕心思。

丢得开与否还属其次，最重要是莫让这一搭印记妨碍目前生活，一个人的遭遇，冷暖自知，无须任何人了解。

当事人若坚持耿耿于怀，多事者自然乘虚而入，炒作生事。

---

[1] 弗罗伊德：弗洛伊德。

文字节奏

港人最了解文字节奏，“明白”“知道”“收到”，多爽快，所有名词节删，明朗高声说出心中意思，堪称都会节奏。

莎士比亚用的是 iambic pentameter[1]，每五个音为一句：Shall-i-com-pare-thee，to-a sum-mer's day。读起来明快婉约，又容易记诵，这是他的秘方，像华人五言诗一样：床前明月光，疑是地上霜。简直可以唱出来。

[1] Iambic pentameter：抑扬五音步，英语诗词格律术语。

英皇占姆士一世[1]编写的《圣经》四百周年纪念，文字经过删增，十分优美，是信众之宝，读起来适意顺口，属不可多得的文学作品。

日本俳句字数排列是五、七、五，一共三行，方便押韵，况且有什么话要说，十七字足够表达，不必啰唆。

很多人以为，小说杂文句子不必在乎节奏，这并不正确，虽然无须填词押韵，也要写得清简流畅，作者心中有个节奏，一边写一边读，遇有砂石，实时删节。

同文这样写，女主角对男伴说："你要想我。"哗，这四个字，胜过数十句缠绵痴扰，这种节奏功力，是读者喜欢爱情小说的原因。

---

[1] 占姆士一世：英格兰的詹姆士一世（James VI and I）。

魔犬

——鸡犬相闻，老死不相往来。

邻居有一只狗，每早与傍晚均出来散步，不知怎的，它喜欢嚎叫，“呜——哇、哇、哇”，声音颇大，而且悲惨，但中气不足，猜想是只小狗，可能是脾性顽皮的积罗素种[1]。

大狗多数静默，杜布民[2]、洛乌伊拉[3]、大丹、雪橇犬

[1] 积罗素种：杰克罗素梗，是一种非常活泼机敏的小型犬。
[2] 杜布民：杜宾犬。
[3] 洛乌伊拉：罗威纳犬。

等如吠起来那真威震整条街，非同小可。噫，这里边仿佛有个寓意，那小狗一定以为它是柯南·道尔笔下福尔摩斯故事《巴斯盖威的魔犬》[1]，故一有机会，便唬吓邻居，每次听到它嚷嚷，便会莞尔。

一日散步，看到有人抱两只小小白西施，极之可爱，额头长毛扎一个结，方便视物，两团白毛线似绲边。正想看个清楚，它俩忽然咧齿胡胡声，小狗就喜这样装腔，据说芝娃娃[2]最不友善。

这一区，一户人若要养两只狗以上，需要申请，并征求邻居同意。

有那么一日，巴斯盖威魔犬不再呜哇哇，邻居不知多寂寞。

---

[1] 《巴斯盖威的魔犬》:《巴斯克维尔的猎犬》。

[2] 芝娃娃：吉娃娃犬。

成语

生活这些年，渐渐发觉所有成语，都十分正确。

像有志者事竟成，像退一步想海阔天空，像一寸光阴一寸金，像英雄莫论出身……

还有，红颜多薄命、丑陋做夫人，又如凡事天注定、半点不由人。

这些都是古人智慧结晶，并且经过长时期大规模资料搜集所得的结论，譬如说一千个少壮不努力的人，到了老大都徒伤悲，那么，还是趁年轻力壮，尝试再尝试为上。

观察所得，实实在在证明“自古英雄如美人，不许人间见白头”，太叫人唏嘘，不忍卒睹。

还有一句话叫“恶人自有恶人磨”，他专爱在人脸上抹黑，大家唯有退避三舍，不久，遇到更凶猛对手。如今，他脸上也墨黑一个大大龟字，而且洗不掉，仍得四处跑。

最惆怅的当然是镜花水月、物是人非、沧海桑田。

任何一种情况及其最终结局，都可以在成语中找到，五千年历史，古人对一切状况司空见惯，兵来将挡，水来土掩。

还有，平心静气，处之泰然。

Rubicon[1]

卢必孔是意大利北部一条河，公元前四十九年，西泽大帝[2]领兵过此河与庞培作战，渡过卢必孔意谓破釜沉舟有去无回。

开战前庞培对西泽这样说：“倘若战败，望你莫伤害我的子民。”西泽应允。

该场战争惨烈，庞氏全军覆没，而西泽遵守诺言，赦

[1] Rubicon：卢比孔河（意大利语：Lubikone）。

[2] 西泽大帝：盖乌斯·尤利乌斯·恺撒（Gaius Julius Caesar）。

其百姓，两人均真英雄。

年前一辑电视剧，亦叫《卢必孔》，阴暗神秘气氛一流，是个阴谋论故事，矛头直指美政坛最高层，隐喻上头一早洞悉“九一一”事件，却仍让惨剧发生，从中操纵股市谋财，借此发动战争……

剧情迷离，中情处权力无限，情报组有人抽丝剥茧，仿佛真相就在眼前，却遇到重重阻挠，关键证人一个个离奇死亡，却又留下若干线索。

剧集并没有拍下去，收视率欠佳，卢必孔河战事中断。

也许放出去线索太多，像鹞子般满天飞，收不回来，推理之际，又十分沉闷，调子灰暗。

但观众也不禁因此起疑，究竟何人使得道琼斯指数大上大落，中东、非洲，欧陆所有大事，为何均与中情局有关，噫。

“哼”

所有字当中，以这个“哼”字最难听，往往像尖锥般刺向人心，永志不忘，一个人，最好一辈子别用这个字。

“哼，你想我同你结婚”“哼，你想升读大学”“哼，你要置业”……

这个哼字表示你不自量力，枉做春秋大梦，要等任何出息转机，下辈子或许请早。

没有比哼字更讨厌的了，任何人都有权向往做特首、作家、明星、富翁，他想什么，与你我无关，无端端哼哼嘿嘿，实在有欠忠厚。

忠告受害人，一听到哼一声，应实时掉头走，与哼人断绝来往，话不投机半句多，努力做好自己的事即可。

苦是苦在越有志气，越容易听到哼哼连声，贫童要出人头地，“我将会名成利就”，哗，立刻变成不切实际、贪慕虚荣、异想天开、神经有毛病。

全球，也许只有美国人鼓励小青年发挥无限创意能力，勇于尝试，也许百分之九十九余生都庸庸碌碌，原地踏步，但也不能阻挡那一个巴仙[1]的有志者事竟成人才。

不要理会这个可怕的字，不过，吃亏学乖，有什么意向，也别过早宣扬。

---

[1] 巴仙：东南亚一带的华人用语，普通话称为百分之或%，由英语的percent音译而来。

伶俐

口齿伶俐的人真讨欢喜，一件普通不过的事，在他口中，立刻变得有趣可笑，听众津津有味，能说会道的孩子，更叫人啧啧称奇。

记得女儿的幼儿园班同学叫亨利，一日放学，他同母亲嘀咕：“班上无美女。”叫人笑得流泪，才七岁！又另一个同龄小青年与我聊天：“我妈妈开一辆 BMW，阿姨，那是好车啊？”哗，小小孩儿，也把世情摸透透，明敏过人。

还有更小的，三岁，刚会说话，懂得摇头摆脑吟李白的“床前明月光，疑是地上霜”，全首，一字不差，抑扬顿挫，可爱到不行，奇观。

早说话的孩子比较容易带，他会示意，“不”说得最多，冷、热、痛，都可以告诉家长，放心得多，否则，一味哭，叫大人着急。

西人专门把几个月大婴儿抱怀里读故事：我是森姆，我不喜绿色蛋与火腿——彩色图画，押韵字句，即使没有太大意义，也十分悦耳动听，养成读书习惯。

说话是一门艰深学问，道行深的长辈这样讲：“说实话，最好。”

新福尔摩斯

BBC制作最新福尔摩斯剧集，背景现代，演员是英俊年轻人，勇敢地把华生升格，叫他成为福记正式拍档，并且救他性命，智勇有过之而无不及。

不少读者都怀疑福记与华生两男同居，必有暧昧，剧集一开始就交代这个疑团，有趣之至。

两个男人在某类餐厅等候对街疑犯现身，服务员口口声声："你伴侣点什么菜？"又取来洋烛，"气氛好些。"当事人亦犹疑起来，彼此试探："当然没有不对，但……”“不不，我并无此倾向，不是说有何不妥。”“是，是，我已与工作结合。”……

观众莞尔，疑团终于得到解答。

摄制最精致的福尔摩斯由史毕堡[1]执导，只得数集，解答他为何独身，以及那一身古怪衣帽来历，但像他另一套杰作《少年印第安纳钟斯》[2]一样，连光盘也无，亦不回放。

柯南·道尔曾在苏格兰学医，他有一个教授，过目不忘，面对病人，不用他开口，已经知道他来自何处、做何种职业、身体有何不妥，后来，成为他写福尔摩斯的灵感。

至于 Sherlock Holmes 怎会译成福尔摩斯，才是千古不解之谜。

---

[1] 史毕堡：史蒂文·斯皮尔伯格（Steven Spielberg），电影导演、编剧和电影制作人。

[2] 《少年印第安纳钟斯》：《少年印第安那琼斯大冒险》。

我们比谁聪明呢，不过是上当次数多了，学的乖，下不为例。

You Again

一日散步，又见到那两只小小胖胖白色狮子狗，又一次胡胡声作威作福，立刻斥责："又是你！你不认得邻居，你闻不到气息？"

叫人说一句"又是你"，确非好现象。

占了便宜，一次已足，怎可又来，人家上一次当，已经学乖，怎还有第二次，再笨也不会接二连三踏入陷阱。

若干江湖郎中，十午前用那一套，今年又来，熟人不知好气还是好笑，永恒的亲切假笑，佯装重情，淌油声线，娓娓道出他的计划——拜托，大家都耳熟能详，再也不愿听下去。

友人说，某与某在电话中一报上姓名，他便知道是怎么一回事。

小友无故遭某人践踏多年，忽然一日某来电："我们之间有点误会——""不，"小友心平气和回答，"没有任何误会。"

清清楚楚，明明白白，不再应酬。

蔡澜说过："我们比谁聪明呢，不过是上当次数多了，学的乖，下不为例。"

没出息

郊游，年轻妈妈背着幼儿走全程，相当吃力，她边走边低声呢喃：“将来你大了，变成毛躁少年，动辄发脾气，请记得这一天，妈妈背你走全程。”

在旁听见，顿时斥责：“没出息、懦弱、无志气、求什么情，你背他因为心甘情愿爱惜他，不是为将来他忤逆时作为谈判筹码，而这样专心抚养的孩子如果不听话，打！”

这一代年轻父母越发没有尊严，不但把最好的双手捧到齐眉奉上，还要苦苦哀求子女接收，成何体统，应一早说明：读好书做妥事，借有限资源尽无限创意，成为社会有用一分子。

衣食住行学费全靠家中的年轻人如果横行霸道任性无礼，可实时拉开门叫他出去。

专家们说不可？越说越多自私青年，无事不怪社会。

最厌恶骄纵孩子：不会缚鞋带，不懂做三文治[1]，生活起居全靠别人，开口闭口“我要——”。

专家说：小孩有自尊心，这固然正确，但家长也不是奴隶。

---

[1] 三文治：三明治。

Let It Go

有一本前体育健将半自传著作，叫作《Let It Go》，这三个字，译为中文，指“放下”。凡是得不到或无仇报之人与事或物，最好放下，丢脑后，便得自在，否则，像千斤枷锁一般，套脖子，生不如死。

让它去吧，已尽全力，得不到第一，气愤半日已经足够，宝贵光阴，过一日少一日，尤其中年已过，看到夕阳，时间宜用来做最愉快及无意义的事，什么都嘻嘻哈哈，大事化小，小事化无，不再为至关重要人事流汗。

曾见小孩与大狗斗力，互相拉扯不放，大街人来车往，险象环生，一旁有人大叫："让它去！"果然，小孩松手，放开那只拳师狗，奇是奇在，那狗并不走脱，仍跟在他身后。

长篇剧已播到一百零八集，小说已写至两百三十二页，大抵结局，已可预知，不必强求，尽其本步在自得之场亦相当悠游。

步花荫，教儿曹，或是更写意之事像到冰激凌店把三十八个味道全部试遍，选出冠军。

Let it be。

"我们"

女皇发表意见，同梵蒂冈教宗一样，不用“I”，而用“collective pronoun”“we”，代表君民同心。

昔日金庸在《明报》写社论，亦常用“我们”：“港币稳健，我们不必惊慌……”读起来，十分亲切，与读者站同一阵线，读者顿觉安心，友人说：“当年银行只有六万港元存款，读完该篇社论，决定不去挤兑美元。”

当然，这“我们”两字，也有不受欢迎的时候，不可乱用，曾听一中年女子对少女说：“我们穿这短裙会很好看。”那少女露出惊愕之色，一脸“啊？”。

这我们二字是讲资格的，由甲级对乙丙说来，十分舒服，乙丙切忌高攀，免惹来“谁要同你做我们”“你是你，我是我”“陌陌生生，什么你们我们”……

聪明的母亲这样说：“我们做妥功课没有？”表示同舟共济；“我们好温习了。”如同身受。

看护替幼儿注射：“我们多勇敢，我们不哭。”幼儿觉得有人陪同，舒服许多。

据说一次，首相戴卓尔夫人[1]有意无意之间亦用“我们”，英女皇龙颜变色。

记住千万别说“我们这干写作人”，哈哈哈。

[1] 戴卓尔夫人：玛格丽特·希尔达·撒切尔（Margaret Hilda Thatcher）。

飒露紫

唐太宗李世民爱骑术，他有八匹宝马，命宫廷画家绘下真貌，传到后世。

其中一匹，叫飒露紫。

这样标致漂亮的名字！

大家都知道世上并无紫色马匹，大抵是一种暧昧的灰色，此马神骏，甚得李氏钟爱，未登基之前，他靠它东征西讨，一次战争，它突围冲过敌阵，忽然颈部中箭跪下，眼看敌人攻上，李氏性命不保，随从冒死赶到身边，用力拔箭，飒露紫英勇站起咆哮，助主人脱险。

历史绘图中正是这个情景：骏马身上脖子共中四箭，仍然万夫莫敌。

彼时一匹坐骑等于今日的座驾，漂亮少年，驾超能跑车，载美女出游，多么神气。

也不必研究为什么一匹马叫飒露紫，林宝基尼[1]有一个型号还叫 Diablo 魔鬼呢。

周末下午，往往听见跑车引擎轰轰自街上经过，是哪家少年足风流春日游。

他与他的飒露紫。

[1] 林宝基尼：兰博基尼（Lamborghini）。

讲与不讲

幼儿三两岁时牙牙学语，若不开口，大人会急得团团转，找医生研究因由，终于可以说句子，真是有趣得不得了，讲什么都好听惹笑。

不过，华人的说法是君子讷于言，还有“巧言令色鲜矣仁”，对能言善道的成年人并无嘉奖。

青年滔滔不绝吹牛，尤其讨厌，君子耻其言过其行，不望做君子？那也不用不断自我标榜，那时，有谁，谁与谁，一张嘴，大家肃静回避。

学会说话，精通两语三言，稍后，也得学习不说话才是，都嫌老人唠叨，有事没事，百样有份，凡见到有耳朵的人，便滔滔不绝，说他与宣统皇帝的情仇……

其实专栏作者也一味喋喋不休，近年男女老幼更是各握一枚手机，一刻不停地说。

有些人从来没想过要学不讲话，觉得能言善道是一项才能。若干人知道多说无益，但性子鲁直，不吐不快。

英人个性深沉，最喜不予置评，或无可奉告，我们也有一句夫复何言。

都是不说的好。

使君与操

文友坐一起斗吹牛，赢者有奖品，小王站着说：“本市只得三个作家，金庸、倪匡与我。”大家都称赞说得好说得妙。

不料大陈说：“伊们两位尊辈，已经退休，今日文坛，不过是小王与我耳。”

哗，大家一听，实时齐齐举直双臂拜膜，佩服得五体投地，衷心奉上礼品。

这故事叫使君与操，话说当年刘备在乡间韬光养晦，曹操探访，二人吃菜喝酒，刘备一味装笨，曹操试探："天下之英雄，唯使君与操耳。"刘吓得魂不附体，糟！被敌人拆穿，筷子握不住落地上，适逢这时，天雷霹雳，曹操以为刘备胆小如鼠，放心离去。

你看，这两人多奸诈阴沉，读者们从此学会牡丹虽好，亦需绿叶，爱吹牛的人总拉一个头挑人物陪伴，方突显实力。

能与珠峰平起平坐，差不到哪里，洋人叫作 name dropping：我们真是熟人嘛，老板看我长大，老总视我为知己。

使君与操，是吹牛法门一二三。

〝呀〞 〝啊〞

有人这样看书，像拆字一般，逐句逐字分析，只觉字字珠玑，欣赏得五体投地，一万字作品，被评论者写十万字激赞，渐渐崇拜成这样：这个“啊”字多么曼妙，用得巧到好处，若少了这个“啊”字，何来千钧之力，又那个“呀”字，把感慨形容得淋漓尽致，文坛并无第二人有此功力……

一般读者，看书看神髓，不会逐句分辩，《水浒》想表现何事？啊，四个字“逼上梁山”；《红楼梦》又说什么，作者叹世人身后有余忘缩手，眼前无路思回头。

《鹿鼎记》是社会学，指出所有才华，不及“与人方便自己方便”的简单忠义。

一个故事，三句说不出中心点，即不是好故事。

优良作品文字当然畅顺，人物情节鲜明，那都是应该的，无须字字分析。

逐字思量才下笔，与逐字钻研来读，都是不必要的琐碎。

至于女性小说的总旨，至关重要的是，噫，妇女必须做到经济独立，才能争取其他。

看电影

读天文学的同学格雷斯拉队看电影，选的是劣片，老妈忍不住说："天气热，易中暑，蹩脚电影看了生红眼症，划不来。"

宝贵两粒钟，需善加利用。

伊们的法文程度都高中甲等，看性感迷人法国电影应全无问题，为什么不把杜鲁福全集找出看一遍呢，不过，自由世界，自由选择，己所欲，亦勿施于人。

想起自己的少年期，几乎完全拒看荷里活[1]电影，努力发掘美丽新世界，穿着校服经过铜锣湾乐声戏院，见到《埃及妖后》一片大型广告牌，心想，世上有如此伧俗肉酸电影，急急到大会堂第一映室观《第七重封印》消滞。

那样的好日子当然一去不返，渐渐喜欢《星球大战》的伪天真烂漫，今日更成为假寂寞伤感的彼思影迷。

同少女们提意见，或许，也该看些优秀华语电影，“请提示一二”，想一想，《马路天使》《龙门客栈》《报仇》《唐山大兄》《投奔怒海》《旺角卡门》……

有影评人说，最近那些巨资摄制的《蝙蝠》《铁甲》《蜘蛛人》《大战星球》《怪客》《变形金刚》[2]之类，观众似被人强塞进干衣机绞动九十分钟，头昏脑涨实在吃不消。

---

[1] 荷里活：好莱坞（Hollywood）。

[2] 即《蝙蝠侠》《铁甲钢拳》《蜘蛛侠》《星球大战》《怪客》《变形金刚》。

草书不再

美国四十五州已放弃教授一至十二年级学生采用草书，即 cursive writing，如果必须手写，请用楷书，逐个字母 print 出，平时，采用计算机打字打印。

啊。

又一项手艺失传，记得少年时勤练英文草书，买回 ABC 系，先用克丽牌铅笔临一遍，再用帕克钢笔[1]重复再写 A，写得不漂亮要扣分，得知今日通通放弃，不禁

[1] 帕克钢笔：派克钢笔（Parker Pen）。

惆怅。

可以想象，不日，这一代长大，根本不谙手写及拼字，错了计算机会帮他们更正，字体尺寸格式自动调校至完美，按钮，打印。

那么，还有中文毛笔字呢，中学作文课还带毛笔墨盒子，有时漏墨，滴脏书包，彼时做学生真得谙十八般武艺：计算尺、珠算盘，都在教授范围。

今日学子一枚计算机匙跑天下，他们不知损失几多，连打字机都没见过，十个有九个从不用地线电话。

友人如玲玲，写信封都用钢笔及优美英文草书，确值得保存。

收皮

友人家里堆满一只只巨型三乘二呎塑料箱，“干什么，搬家、装修？”她答：“Down Sizing，收皮，准备腾清屋子交吉，免得子女烦恼。”

啊，啊。

真是体贴，阁下的珍藏，极之可能是他人的垃圾。趁有生之年，通通自我了断，书本、画册、衣物、鞋袜、纪念品……能摔的全部丢出，没有什么舍不舍得。

书尤其讨厌，谁还要七三年出版《大英百科全书》与简体字《鲁迅全集》。衣物嘛，又好些，慈善机构列明必须清洁整齐纽扣不缺，看样子还得洗烫一遍才能送出。

那样，做了两三年，还未办妥，可见工程之艰巨，真叫人叹息可是。

身外物纠缠萦绕，生活枯燥，人心寂寞，置若干物质寥慰凄凉心灵，也属应该。

友人指着十只八只莱俪水晶玻璃香水瓶："要来做什么？又不能叫我们年轻或聪明一些。"但当时无知，喜欢奢侈华丽之物。

不过稍后又说："来，逛街去，看有什么新款手袋。"

活照

最欣赏周刊一幅大照片，它横跨左右两页，十分精彩，白由题，当然以名人为主，但与其他明星照片不同，影像是活的，那意思是，没有人呆视镜头，挤出微笑，双手放适当位置，等摄影师按钮。

活照片是摄影师在主角们不在意之际拍摄，他们正在做一件事，之前之后全不知有人拍照，相信被录下镜头也茫然不觉，故此真情毕露，说了故事而不自觉。

举个例：一次电视台庆祝会美女们排排坐，面对镜头时端庄秀丽仪态万千，可是一到广告时间空当，竟全体不约而同取出粉盒对牢小镜子补妆，像操练过似的那般齐手齐心，被镜头捕捉。

看到这样趣怪照片能不笑出声来？

美国国家地理杂志便最擅长拍摄活照片，至今尚能叫读者哗呀一声精彩。

真面目与真性情最最好看，可遇不可求，又得知道什么时候把握机会，大家想想，商业社会，又是娱乐圈，能有多少时间能拍到活照。

面具早已是行头一部分，恐怕连睡眠都不便除下，这一页照片，多么金贵。

!

这段花边新闻，刊出已经有一段日子，居然没有引起异议，可见社会风气确有点不一样了。

周刊这样报道一套电影拍摄现场情况："奔放之最，莫过以张孝全为首一群精壮男孩，在操场集体裸奔，闻说桂纶镁拍这场戏相当兴奋，高呼：'我看到孝仝的屁股了，那一天，所有女生都很开心。'"

!

看管看，看罢还要出言调戏，实在过分。

试想想，这件事若掉转头来，男生在工作场地这样评论女生，恐怕实时请去拘留所。

男人也是人，也有尊严，他家里也有父兄叔侄，在外也有朋友，喂，留点余地好不好，这可能不是道德问题，而是礼貌。

又有一次，时装店发动数十男模特儿光上身做宣传，围观女子尖叫狂呼，伸手抚摩，其实那些胸膛虽然壮健，全无生命感，通通熏黑脱毛打蜡，像一只只板鸭，不知为何引起亢奋。

外国情况当然更加激烈：一群女子，密密挤露台上看俊男跳舞，上身几乎探出栏杆，护卫员大声喝阻："当心，不要摔下来！"

好奇

你为什么想知道？

友人每次饭聚都有人殷殷垂询："你前妻此刻可有男友？""你荣任某大总裁私人秘书可有千万年薪？""传说你投资地产焦头烂额。""某人讥谤你何不告他……"

他都轻轻反问："为什么你要知道？"

专门套人私隐，光因好奇是说不通的，一些发话的人兴奋得脸红耳赤：可逮住你了，看你还往哪里逃，好歹得给一个公道！浑身发痒，放下一切礼数身段，不问不快：

“你为何还不为 ××、××、×× 等事表态？”

目的是把见闻转告再转告，以示权威及江湖地位，不然下次饭局说些什么。

市民一直忠告政府策略要治本，因此，光是坐在是非之地不出声不过治标，索性永久缺席，才是好方法。

白纸黑字在报上读到也未必作准，闲言闲语，更不必理会。

你为什么想知道，吹皱池水，干卿底事，何用慷慨仗义执言，你知道多少，那些，都是真相吗，抑或，只是片面之言。

只有正在探测火星的卫星“好奇号”才可爱。

肆

静

寂

十

当然不，但人是心理动物，
刹那间高兴，已经足够叫人应付繁重一天。

炎凉

友人听到远方来了熟人，倒履相迎，欢喜之余，忘记收拾自身，结果被朋友背后这样形容：“在荒山野岭做侨民久了，此刻看上去像深圳走水货阿婶。”

伊痛定思痛，力图改进，不久，损友再度上门，她悉心装扮，连鞋袜都盘算过，最时髦手袋配搭适量首饰，还喷上香氛，谨慎赴会。

数天后报告回来：“哗，见同性朋友，大白天也打扮得像去庙会，可见真正寂寞，难道我们还会带着男宾。”

这样难讨好，真叫人啼笑皆非可是。

几十年相识，其实不必再看外表，只要整洁便好，他的性格、处世态度、工作能力，可以打六十分，也就值得结交，领带与西服不配，原谅则个。

乐观者可以这样想：还有访客，更有评语，已算尚余若干江湖地位，像××、××与××，失踪N年，无人提起，乏人注意，还有，下架的某人，忽然发觉人人没空听他电话……

这叫世态炎凉，若真还有执着看不开，那就没有猪朋狗友了，人清无徒啊。

过度赞美

心理专家说："过度赞美别人，是一种自卑。"

说话真难可是，往日在香港，一见人便用八字真言："久仰大名，如雷贯耳。"从来不错，对方每次露出满意窝心笑容，欣然接受，这是自卑吗？伸手不打笑脸人，好话人人爱听，还有句较俗的叫千穿万穿，马屁不穿。

经验所得，你赞他宇宙最强，他虽不出声，心中也许想：还有相对宇宙呢。

老江湖对过度赞美最有研究："嘿，多高多强赞美，旁人听得汗毛直竖，受者却觉恰到好处：‘他老实，又是老友，才不过分。’所以，尽管夸大可也。”

连洋人也说：你若不能说好话，就什么也别说。

《红楼梦》有曰：一天卖了三百个假，三年卖不出一个真。

华人口中的奉承，即过度赞美，渐渐行不通，民智已开，十分刁钻，知道假使一件事如果好得不像真的，大抵也不是真的。

像青春常驻、友谊永固、天下太平之类。

馅饼

肚子真的饿起来有多可怕，读雨果及狄更斯小说可以了解一二。

《孤星血泪》故事主角阿 Pip 在荒野溜达，忽然遇见逃犯麦威治，着他取一把铁锉，这小孩也奇怪，经过厨房，看到他姐姐新鲜烤好的羊肉馅饼，竟偷去一块，包在手帕里，连铁锉一起递给逃犯。

后来，有神秘人赞助 Pip 往伦敦读书，他一厢情愿以为是夏维香小姐，待真相揭发，他伤心兼大惑不解："为什么？”再一次自澳洲[1]越狱的麦威治答：“那块馅饼。”

纯自愿出于善心，从未曾有人这样恩待，永志不忘。

这则故事，一切由这块震撼羊肉馅饼引起，没有它，就没有该本巨著。

雨果的《悲惨人生》[2]，尚弗尚[3]为偷一条面包，被判入狱，也可以说澎湃剧情，由面包而起。到最后，革命成功，改朝换代。

黛丝姑娘，被邪恶少庄主看中，摘一颗野草莓，送到她嘴里，从此万劫不复，那简直是夏娃吃过的苹果。

不过，华朗斯基[4]可没给安娜卡琳妮娜[5]吃什么，是安娜毒死自己。

愚昧美丽的女子，肚子还未饿，就铸成大错。

---

[1] 澳洲：澳大利亚。

[2] 《悲惨人生》：《悲惨世界》（*Les Misérables*）。

[3] 尚弗尚：冉・阿让（Jean Valjean）。

[4] 华朗斯基：渥伦斯基，《安娜・卡列尼娜》中人物。

[5] 安娜卡琳妮娜：安娜・卡列尼娜，《安娜・卡列尼娜》中人物。

像？

友人是世界通，周游列国，又会为工作在各大城市逗留一年半载，最近陪她逛温市，挑一间体面名牌百货公司观光。

那日是假期，人群熙来攘往，有点吃不消，十五分钟便离去，她悄悄说："像深圳。"她刚自该处回来。

怎么说好呢。

每个柜位均有华裔售货员驻扎，"你好""喜欢哪一款""多看看"，普通话招呼。

听说人客[1]也不让他们失望，最名贵最限量的立刻包下，售货员不但出动双手，连腋下也挟着几件去柜台算账。

因笑说："妒忌？您老人家用了七十年，用腻了，却看不顺眼别人也用？"

有位先生看中一只灰色猄皮背袋，想送太太做生日礼物，心想颜色不起眼不要紧明天才买，谁知已被人捷足先登。

房价也被抢得奇怪地高，本土小青年抱怨无法置业成家，嗯，好似在什么地方也听过。

富起来，怎么看都是好事。

[1] 人客：客人。

你喜欢玛蒂斯[1]吗

温市美术馆隔一段时间会举办大师画展，上次，是伦勃朗，这次，是玛蒂斯。

展品不多，一下子看完，坐凳上留意观众，一个小青年在《红室》[2]前，半侧身，痴迷地不愿离去，他应该去罗浮宫[3]，该处，有好几张《红室》，同一背景，角度更好，

[1] 玛蒂斯：亨利·马蒂斯（Henri Matisse），法国著名画家，雕塑家，版画家。

[2] 《红室》：《红色画室》。

[3] 罗浮宫：卢浮宫（法语：Musée du Louvre）。

画的面积也更大。

有不少美术学生，用平板计算机临摹，走近指指点点，“你画得不错”“对不起，你就较差”……

年轻母亲不知去了何处，幼儿连车扔在座旁，顺带做访问：“你喜欢玛蒂斯吗？”幼儿眨动碧蓝眼珠，嘴里胶嚼嚼动两下。“真赏心悦目可是？”似乎点头。“玛蒂斯说：希望他的画作，使观者轻松愉快，他尽量不让观众知道，其中艰苦过程。”这时他母亲匆匆过来，把婴儿车推走。

一幅横躺最见惯见熟的裸女，竟有二十三张初稿，仔细张望之下，他最后挑选并非最美，也不是最生动那帧。

听说纽约辜根咸现代美术馆[1]正展出毕加索黑白作品，新闻介绍所见一幅他自画像热吻多拉玛[2]的画作，还是第一次看到。

---

[1] 纽约辜根咸现代美术馆：纽约古根汉姆现代美术馆。

[2] 多拉玛：多拉·玛尔（Dora Maar），法国摄影师、诗人和画家，毕加索的情人。

读分数与读钞票

老人替儿子报名在麦基尔大学[1]读为期十六个月的管理科硕士课程，学费七万一千加元，我听了冲口而出："这么贵，学什么，炼金术？"

一言激起其他家长苦水，这还是本地生，公立学校，跨国学生想必又是另外一笔算法。

读医，两万多，建筑，八千余，年年递增，当然，你

[1] 麦基尔大学：麦吉尔大学。

可以说李嘉诚与标盖兹[1]都没读过大学，不必强求。

阅《麦奇连杂志》[2]教育特辑，加国所有大学收生最低分数八十二到九十二，七字头学生已经头痛，可那也是B级好分数哎。

去年卑诗大学申请医科有一八九一人，只收二八八名，精英中精英，还不知是否能够毕业。

本年安河中学状元的文科必修分数是九十八点六，猜对了，是来自中国的小青年。

情况有点险峻了可是。

“你女儿毕业了吧？”“托赖[3]，已经过关。”继续努力或否，有个选择。

听到回流十年八载家长轻松说：“明年回去升大学。”大家都噤若寒蝉。

---

[1] 标盖兹：比尔·盖茨（Bill Gates）。

[2]《麦奇连杂志》:《麦考林杂志》。

[3] 托赖：托福。

被老友出卖

艺人被老友出卖，十分痛心。

啊，阅世未深，出卖阁下的人，一定是你老友，否则，怎知你弱点、喜、恶、练门。

世上最凄惨故事，是《水浒传》中八十万禁军教头豹子头林冲遭同窗同门陆谦出卖，一路一步把他卖到梁山水泊。

这陆谦生性恶毒，帮高衙内陷害老友，深谙林冲致命性格纰漏是好胜、爱比试，以及喜欢宝刀，他找一个人，站在街头林冲每日必经之处，叫卖一把刀。

林冲头两天并不理睬，到了第三日，那人叹气：“啊，偌大东京，竟没有一人识得宝刀！”林冲沉不住气：“拿来看看。”刀一出鞘，不得了，林冲想，闻说太尉府有把宝刀，这一把未必输给它。读者惊呼：教头，这把就是那把啊。

果然，过了三日，高俅命林冲提刀进府比试，林冲还沾沾自喜，换任何聪明人都会推搪“不见了”“是把烂刀”“那人是骗子”，不就行了，但一个禁军教头，竟贸贸然携刀进入军机要地白虎节堂，当时逮住，充军。

故事开始与结局，更加匪夷所思，所有情节证明一事：小心你的老友。

Snake Oil

站化妆品柜台看新产品，身边一位老太忽然轻轻说："你知道这些都是蛇油可是？"

真忍不住笑，她用词奇突，所谓蛇油，是指二十世纪初，洋人郎中街头摆卖假药，号称能医百病，有癌症肺炎小儿夜啼无名肿毒都一帖见效，统称蛇油。

低声答辩："高兴就好，皮肤滋润，精神焕发。"

交换心得，各买一大堆回家。

为什么不呢，到这个时刻，已经知道自爱最重要，不要演变成自恋即可。

追捧祖马罗[1]红玫瑰香氛，灰暗冬日，在室内喷一下，振作人心，仿佛初夏园子艳阳将花香蒸起，醉人心扉。

一瓶香水可否叫人延年益寿，芳龄永继？当然不，但人是心理动物，刹那间高兴，已经足够叫人应付繁重一天。

少女带着小狗探访失恋同学，一起替狮子狗梳头扎辫绑蝴蝶结，嘻哈大笑，然后一起散步吃冰激凌，又活下来了。

都不是真的，小青年在女友耳畔絮絮地低语，少女红粉绯绯如春晓般颜色，均转瞬即逝，你可以说整个生命是蛇油，欺骗我们。

[1] 祖马罗：祖·玛珑（Jo Malone London），英国知名品牌。

太小太旧

一位房屋中介这样说：从前，看房子的准买主进屋便会批评几句，像“楼梯太窄、睡房太小、厨具需更新、地库得装修”……

橱柜式样太旧？分明实木制造，起码可以再用三十年，环保一些可好。欧洲复修古屋，三百年前的砖墙还设法保留呢，何必什么都看不顺眼，一切扔出街。

渐渐客户进化到什么也不说，因为知道一分价钱一分货，多大多好多豪再夸张更别致的设计都有，无论买什么，都是因价就货，即一分价钱一分货，何必嫌这嫌那。

再进一步，只看方向地形，屋子都不用进去，反正拆卸重建，要是喜欢，车房可放屋顶，泳池可在睡房。

来自中国大客乘直升机鸟瞰地势，这儿、这儿、这儿，迅速决定。

那么，房屋中介可是易做许多？又笑而不答。

利率上落，贷款上限，对这班新客户也不大有影响，他们一次付款，没有烦恼。

方向意旨已定，牢靠自信，何必恋恋盲钝青春。

岁月

美国电视片集一季季拍摄，约十三集，播完要等来年，也不一定有将来，倘若收视率欠佳，实时取消，不再续拍。

叫座又叫好，可以连播多年，观众看着男女主角逐年老去，终于，只剩从前俊男美女一丝影子，不得不曲终人散。

洋人老得快，奇是奇在男主角必然一季比一季胖，女角则一季比一季瘦，并且都会秃发，迅速不忍卒睹，转瞬受到淘汰，又一批色若春晓的少男少女登场。

老得最优游的人有爱因斯坦、毕加索、伊莉萨伯二世[1]，到了八九十岁，的确龙钟了，但仍然保留从前模子，眼睛都炯炯有神。

最怕见到不久之前叫人赞叹的美女，晃眼之间，倩影影踪全无，一个毫克也不剩，憔悴败落，也不再在乎，失意邋遢，到处踯躅。

岁月坑人，可能是，但总括来说，生活情况更加不饶人，日子过得如何，是看得出来的。

---

[1] 伊莉萨伯二世：伊丽莎白二世（Her Majesty Queen Elizabeth II）。

30000 小时

格拉威[1]写了一本书，叫 *Outliers*《门外汉》[2]，指出“欲做好 件事，必须投资时间”，他的意思是，无论想学习哪一门功夫，需要付出三万个小时，才能熟练，方可自由使用及支配该项技巧。

做一做简单算术，三万个钟头，等于一千二百五十天，每日工作八小时，绝无假期，约是三年半，噫，不多

---

[1] 格拉威：马尔科姆·格拉德威尔（Malcolm Gladwell）。

[2]《门外汉》:《异类》。

不少，刚好是一个学生完成学士课程的时间，可能并非巧合呢。

这配合了华人所说：只要功夫深，铁杵磨成针，或是勤有功，甚至是将勤补拙。或是洋人云：你的时间用在哪里，是看得见的。

那还只不过是入门，若用弹奏小提琴为例，三万个钟头之后，大致上可以弹柏格尼尼[1]《一号协奏曲》[2]，以娱亲友，假使加上天分，再练上十万个钟头，或能进入演奏厅。

以此类推，各行各业，文艺科学、木工园艺、各项运动，均需终身操练。

有人以为天分即系不学而会，天生就懂，现在大家都发觉，天分是对某种学习特别有兴趣，百练不厌，精益求精。

一分灵感，九十九分汗水。

---

[1] 柏格尼尼：尼科罗·帕格尼尼（Niccolo Paganini），意大利小提琴演奏家、作曲家。

[2] 《一号协奏曲》：《第一小提琴协奏曲》。

四只眼睛

爱比与碧姐妮是连体女：两个头，两手两腿一个身躯，一副内脏器官，但法律上，是两个人，渐渐活到成年，生活与常人无异：打球、学驾驶、游泳、读到大学毕业，最近，还外出找工作。

过程，拍摄成纪录片，目的是鼓励“与众不同的一小拨人”，感人甚深。

这对连体婴一早已被医生判断无可分割，图片第一次出现在生活杂志，谁也没想到会活到成年。

原先以为她们找的工作会比较文静，像计算机程序或实验室研究之类，但不，她们应征小学教员，那是需要面对大量学生与家长的工作。能够胜任吗？

她俩打扮妥当面试，被校方勇敢地录取，爱比与碧妲妮正式教学。

小学生们好奇看着新老师，老师这样训话："不要看轻新年轻老师，我俩可有四只眼睛，盯牢你们学习。"

这种事，大抵只有在美国才会发生。

两个头颅的老师欸，幼儿不但不觉害怕，老师还要出言警告：四只眼睛！

真叫人愉快。

穿梭机

美宇航穿梭机奋进号光荣退休，运到加州，在临时太空馆展出。

穿梭机奇突之处是它非要飞出大气层才能自由翱翔，回到地球，它需要一架特制大力士飞机驮着低速低飞，胖胖穿梭机被飞机背着，十分可爱，有趣之至。

奋进号卸下被缓缓拖过街道，以一小时十五哩行驶，路边障碍物如街灯树木通通清除，行程更加拖迟。

新闻片所见，市民纷纷前来围观，一睹风采。

啊，蔚为奇观，它体积比想象中大上两倍，平时只见它由火箭驮着咆哮冲上云霄，体积好似小一点，实物与真身比较，才知壮伟。

只见它鼻端身躯皆有磨损与撞凹痕迹，可见坠落大气层时吃过不少苦头。

真是人类伟大发明。

这一程，足足走了十多小时，该种事，大抵也只有在美国才会发生。

在太空馆，参观者多数是幼儿，在太空舱爬进爬出，雀跃欢笑。

H_2O

《石头记》一书里刁钻女子甚多，其中佼佼者，是一个叫妙玉的年轻居士，一日，她做了茶请宝黛品尝，二人喝了，黛玉只说茶很轻，这样抽象形容当然不能满足妙玉，冷笑一声，指黛玉是俗人："这茶用梅花瓣上的雪所烹，我也只得半瓮，放在鬼脸青罐内，埋到梨木树泥下，自己都不舍得吃。"这番话，竟说得黛玉讪讪。

现代读者看到这里，很难不摇头叹息：罢呦，妙玉大师，你一定没有读过儿童乐园里小雨点故事，它告诉小朋友，地球上水分循环不息经过：太阳能蒸发海水，丢下盐分，成为蒸汽上升至云层，云不胜负荷，将水分卸下，雨水回归河流大海，水分遇冷凝成固体变冰，通通都是H_2O，即系一个氧原子背着两个氢原子，模样可爱。

整个地球上的水分，都一模一样，没有什么曾经沧海难为水这件事，一个人如果执迷不悟地坚持，无可厚非，但也不必嘲笑他人庸俗，生活习惯去到如此疙瘩如妙玉，那真是枉凝眉，终身误。

试想想，梅花花瓣有多大，雪落下，即使停得住不跌，能有多少，弥足珍贵，但无论雪霜雾、蒸汽流水冰块，本质全部不变，这正是水伟大之处，它才不会厚此薄彼。

一斛珠

明皇独宠杨玉环，对其余的妃嫔，不甚理睬。一日，忽然想起梅妃这个人，略有歉意，差人送她一斛珍珠。

这梅妃也奇怪，她把珍珠退回明皇处，并且写一首诗：“长门终日无梳洗，何必珍珠慰寂寥。”显然是赌气了，趁机发牢骚。

这当然不是正史，此事并无下文，可想而知，明皇碰了一鼻子的灰，以后必定更加退避三舍。

啊，勿出怨言，一斛珍珠而已。喜欢，便收下，不喜欢，丢到一旁，或是送人，都是好方法，何必气愤。失宠已是事实，技不如人，要不从头来过，要不不愁吃喝地懒懒过下半辈子，对老板冷嘲热讽，诸多抱怨，实非明智。

《红楼梦》里黛玉，也是这种性格，宫中送礼来，她问："大家都有呢，还是只我一人？"众人都有，她就不稀罕，但嘴里说出，便成小气。或说黛玉心直口快，可是，成年人怎可把直爽建筑在别人难堪上，性子率直，也不可作为一言不合大打出手的借口。

像梅妃这种性格，堪称看勿穿，放不下。

各位，做人要做明白人。

哗哈！

一日早晨，照常预备工作，一贯板着面孔，实事求是，先喝茶阅报。

谁知一打开副刊，看到整版都是婴儿照片，哗哈，喜悦自心里发起，不禁笑出声，太开心了，意外之喜，眼睛吃糖果。

原来这是十二位娱乐圈妈妈替香港思觉失调协会拍摄的日历：年轻秀美的母亲一式穿白上衣配黑裤子，抱着她们龙年出生婴儿拍照义卖。

幼儿们全穿白色简约 onesie[1]，有些还牺牲色相，赤裸上阵。一个昵称小笼包的可爱孩子，胖得双腿如节瓜，这还不止，他的脚底与脚背一样厚，足趾离地，看得读者呵呵笑不停。

最简单的母子题材，最平凡衣着打扮，能拍摄出如此精彩照片，值得一赞。

把该页贴冰箱上，每日看几回，咕哝着“不知可需要节食”“肯定祖辈抱得手酸也放不下”“唯有小宝才能叫劳苦的大人笑”……

希望每年都有。

笑完之后，该日做事特别畅顺起劲。

---

[1] Onesie：婴儿连体服。

静寂

渐渐都觉得热闹生活不可思议：一大堆人，不论日夜，无须节日，聚在一起，大吃大喝，唱歌跳舞，嘈吵万分，你挤我推，一言不合，还可能大打出手，劳动警方，有些醉得被损着回家，第二天浑忘一切，重新来过。

这是干什么，生活果真如此痛苦，确实已无法面对自身？

一个人，每天总得独处几个小时，听听自己的呼吸声音，看看日出日落，云起云飞，不必捏牢手提电话，走路、吃饭、购物、看戏、驾驶，都说个不停，无止无休制造嘈声，遮掩寂寞。

又不知何来精力，东奔西跑，不觉乘长途飞机痛苦，一下在东、一忽在西，活到老，飞到老，似有什么在身后猛追，非跑不可。

饮宴地方，空气混浊，烟酒有害，食物油腻，好人都会累出病来。友人在家，看电视只观字幕，不开音响，皆因怕吵。已有十年未入戏院，这孤僻的人嫌公众场所乱与脏，最容易看不清、听不真、说错话。

相比之下，在家看书写字，多么自在，反正，早已知道，终有一日，会往何处去。

Bebe Cece etc.

许多人在家都有小名，彪形大汉叱咤商场，长辈可能只叫他阿弟、仔仔、小明，连女皇都有乳名，伊莉萨伯二世幼时不懂说自己名字，她说她是 Lilibet，太后故世，女皇致送的花环上写 Lilibet，十分感人。

因此，叫比亚翠斯的女子小名可能是比比，叫翡莉柏的在家是菲菲，而叫茜撒莱的则称茜茜，这些 Bebe、Cece、Fifi 的正名，都十分传统，而 Coco 则可能是歌诗玛 Cosima，宇宙的意思。

从前在殖民地读书，若干老师来自英国，老记不好华裔子弟名字，故此每人给一个英文名，倒不是故意洋化。

女演员章子怡用拼音 Zhang Zi Yi，外国记者说难读，她就改为 Zi Yi Zhang，至今尚未有英文名，ZY 好听过马莉美姬多多。

一路走来，不少女生别出心裁叫樱桃苹果，现在可好了，美国演艺界人士给子女命名，也怪异透顶，有个小女孩叫星期天玫瑰，另一个叫夏巴七号，还有蓝色常春藤，叫传统人士咕哝。

给女生起名，中性为佳，太过娇滴滴，像黛玉、莺莺……那真是什么地方都不用去。

故事

故事是这样的：清康熙年代，太子允礽两度被废，第二次之际，他深知永无翻身之日，家眷命运必然悲惨无比，于是把已怀孕的太子妃送出宫门，交付给他老师照顾。

那太傅无奈，只得接了太子妃回乡，不久，妃子生下一个女婴，太傅叫她可可，谐音格格，照故事说，这可是千真万确的金枝玉叶。

各位看官，到这个时候，也应该惊骇地知道这可可是什么人了吧。

不久，太傅年老辞世，他家发生一场火灾，太子妃葬身火海，女孩辗转到了江南织造府，嫁予荣府第三代男孙。

她就是秦可卿。

《红楼梦》一书中可卿的身世一直谜样，传说甚多，读者只知道书中另一女子，却由民间走入皇宫，她是宝玉口里的大姐姐元春，元妃入宫不久同样不明不白辞世，可卿走出皇宫，元春走入皇宫，两女均死于非命，古代女子，命运堪怜。

《红楼梦》诸芳，无一好命，无论吞金自尽、自刎、坠井、病殁……奇是奇在通通无人追究，黑暗如此，令人发指。

军阀心态

军阀心态即喜强人所难，家长多数有这个毛病。

子女大学选科之际，霸气毕露，当然上选是医科、法律、建筑这些专科，家长围在一起，所说不过是子女前途，“看到大学数学研究院那个 W 标志，已经兴奋”。

不是说“只要他快乐”吗，这在现实世界行不通，十七岁少年天天玩最快乐，再过十年，人家找到高等职业与漂亮女友，他相形失色就不开心。

还有，“找一份喜欢做又能赚到生活的工作”也太过理想主义，而且，所有事即使有趣，一旦变成职业之后一定讨厌。

少时最渴望读纯美术：十年八载耽学府，周游列国。一个小青年抱怨："我不喜读医。"他妈答："我没叫你喜欢，我叫你用功。"这样吧，折中些："找一份不用成名也可以过合理生活的工作。"那意思是全不考虑有关文艺学科像写作、音乐、美术……

读大学目的不是培养兴趣、熏陶气质吗，你以为。全世界读这四年连生活费用都是一笔数字，这是他们余生找生活的武装。

一个母亲这样说："这并非靠子女争面子问题，我自己赚得的面子也还没有得着，只是要他有自立本事，永远不必投亲靠友。"多么壮烈。

最美建筑

世上最美建筑群，大概是大学校园。

一走进剑桥，看到数百年古迹，哥德[1]与新古典建筑齐立，下巴掉落，背脊挺直，崇敬之心油然而生。游荡到剑河，柳暗花明，想到诗人拜伦曾在同一地点漫游，心向往之，适遇学子撑着小艇优游过渡，噫，这不就是李白笔下“散发弄扁舟”吗？

卑诗大学数学系与医科簇新大厦建成，赶着参观，

[1] 歌德：哥特式建筑（gothic architecture）。

啊，幸福学子，前生修到，在如此精美设计大厦内进修。但还是艾历逊[1]的人类学藏馆最美，大师喜欢一列梯阶，一步步走下，进明澄简约敞大空间，然后看到玻璃墙外蔚蓝太平洋与青天白云，眼前亮起，如同去到天际。

最叫人放心是从来、永远不会看到一个牌子，红漆标明馆名及开放时间，或是铁链围着，再三严重警告不准践踏草地，采摘花卉。

外人看来，真是红尘中乐土，如果能够长期耽着，无论学什么，又不必考试计分数，太理想了，那叫作游学。

[1] 艾历逊：蒙特爱立森大学（Mount Allison University）。

最好吃饺子

北方俗语说：最好吃不过饺子，最舒服不过躺着。意思是，对生活不必苛求，其实没有更好的了，知足常乐，才是真理。

躺着闲话家常真正开心，天南地北，无所不谈，累了翻一个身呼噜入睡，偶尔会听见自己打鼾声。

除出饺子，许多大众食物也美味到极点，像苹果馅饼、炸鱼薯条、蛋炒饭、蒸鲑鱼、大带子放汤，自家动手，三两下手势，便可大饱口福。

也许，一个人要演变得憨愚，才有心情与时间欣赏这些简单享受。

友人说他最怕听见别人半羡半妒地揶揄他：“你那么聪明——”这并不是赞美，这是讽刺他事事走精面，踩着人过，投机取巧，才会有今日，把他数十年辛勤工作成绩一笔勾销。

噫，最好喝的酒是罐装基尼斯黑啤[1]，罐内有一装置，啪一声拉开罐，气泡特厚，头一口冰冻进喉，滑如丝绒。

最轻软暖的其实是羽绒外衣，可是，维孔那[2]骆马呢料不是人人拥有，才显得出色。

---

[1] 基尼斯黑啤：吉尼斯黑啤酒（Guinness）。

[2] 维孔那：维口纳（Vicuna）。

穿童装

小儿穿大人衣服十分好玩，小西装、小旗袍，谐趣可爱，但大人穿童装，却相当碍眼。

老不愿长大的中年男女，留恋帽兜无领 T 恤，背一个背囊，短裤短裙铃铛挂饰，大抵伊们觉得十八二十二是全盛时代，不愿放弃。

其实少年时期多数彷徨无主，自然是做成年人稳当。

方向意旨已定，牢靠自信，何必恋恋盲钝青春。

一位时装设计师说：粉红色，是小女孩穿的颜色，上了年纪，穿朱红、藏青、月白、藕色、灰紫、墨绿、棕色均好看，啊，还有永恒的漆黑。

世上只有洁净白衬衫与卡其裤及跑鞋可以穿到八十岁，指挥家卡拉扬与大导演戴维连到了晚年，一直穿雪白衬衫，那么毕加索才华盖世，索性光着上身做膀爷。

男女均可穿一套简单深色西服，皮鞋擦亮，抬起头，正经做人，愉快地面对工作生活。

上一代妇女最自重，竖领旗袍，长发盘髻，端庄斯文标致，把蝴蝶结皱边留给少年。

伍

时

间

＋

都已经尽了全力。

Hamlet

已故名演员亨傅利保嘉[1]曾说："唯一忠实选拔最佳男演员方式是让他们演出《王子复仇记》，最佳者胜出。"

那即是考演技，但，谁要看五短身材，满面皱纹的汉姆列特[2]呢。

声色艺啊，先生。

西方男演员全体向往这个王子角色，其实他软弱无

[1] 亨傅利保嘉：亨弗莱·鲍嘉（Humphrey Bogart），美国男演员。

[2] 汉姆列特：哈姆雷特（Hamlet）。

能，多疑多愁，并不可爱健康讨人欢喜，但命运实在凄惨，叫人同情。

同华人世界的林黛玉一样——历年来被塑造成正面角色，为命运支配的悲剧人物，赚人热泪。

事实上谁家有个汉姆列特或黛玉姑娘，那还不叫苦连天。

演技会得进步，容貌只有退步，华人演员最适合做王子的，恐怕是阮经天君吧，这人的面孔五官无论是悲是喜、苦恼发愁、憔悴落魄，都那么好看，独白十分钟也不叫观众讨厌。

说到底，最佳演员，首要条件，不只演技，真叫实惠派气馁可是。

Non, je ne regrette rien[1]

这是伊迪庇亚芙[2]说的：她不后悔。

也只能这样讲。

世上极多这样女子：出身贫家，但有绝色，或是一项出众才艺，经过千锤百炼，走过五大洲七个海洋，终于战胜出身。

你问她可后悔。

---

[1] Non，je ne regrette rien：（法语）不，我一点都不后悔。

[2] 伊迪庇亚芙：伊迪丝 · 琵雅芙（Edith Piaf），法国著名女歌手。

当然不，可以换的已全部换出，得回名利，生活无忧，想起过往吃不饱穿不暖苦日子，还有何可怨，到底见过世面，知道活得下来，已属不幸中大幸，多少人尚不见天日。

美丽的名媛说：“少年家住顶楼加盖屋，每逢刮风下雨，漏水，一家人整夜不寐，抹水清洁。”如今住山上的独立屋，又有什么好后悔，生父一早抛弃伊，身后却要她去办事，经过那么多，今日心情一定平静，生活必然愉快。

要不没顶，要不学会游泳，一件事如果害不死你，会叫你更加强壮。

影后会后悔吗，大抵不，在英国小镇杂货店帮工，性情不近，于是走进热闹红尘，兜圈子玩耍，终回归寂寞，不枉此生。

都已经尽了全力。

其中一嚿

这样问老伴：“你可有想及，二人其中一个，一定会比另一个早去？”

他毫不经意答：“是呀，那是必然会发生的事实。”像是热水炉五年要更换，车辆到了冬季需检查一般，读科学的人真幸运，永远一是一，二是二。

“那么，谁先走？”

“不知道，哈哈哈，也不用去想它。”

“剩下那名，岂不凄凉？”

“当然是十分可怜。”

想到此处，无趣至极，嗒然：“那么——还是——好。”

“哟，本市园林处处，山水皆美，自然是——”

真的，参观过福地，一片静寂肃穆，种满伞形大树，林荫习习，遍地绿荫，真像适合永世居住。

“那么——”

“这种事且勿想它，阳光甚佳，到公园散步。”

这也是办法，开头老觉此人仿佛只得两粒灰色细胞，此刻方知什么叫作坦荡荡，一定会发生之事，亦无须心理准备。

听其自然。

对或错均道歉

英俊小生对记者讲解与女友相处之道："对或错均需道歉。"

啊，这是智慧，像德国人那样，为二次大战罪行叩头认错，从头来过，不损人又利己，否则，你说你有理，他说他有理，吵个不休，都不用做正经事了，有碍生计，愚昧之至。

尤其是男女之间事，你若爱他，大可当什么都是你的错，含笑饮砒霜，你若不爱他，万事都与你无关，还有什么对与错。

友人说深夜还帮小儿做功课，又累又急，那顽童还发脾气："都是你的错。"她怒火上升，脸色突变，小儿也知唐突，一顿板子躲不过，但转瞬间家长心平气和："是，是我错，大家且去休息，明早再战。"

也总得有人看得穿，沉住气才行。

两夫妻吵架，做丈夫的大叫："又怪我，又是我的错。"妻提高声音："当然你的错，否则怪谁。"

是是是，对与错均道歉。

这个故事也是真的，一位太太指着先生直骂半句钟，累了，暂停。那先生说："多谢指教，多谢指教。"所以人家还在婚姻中。

说故事专家

卫兄远在成为名作家之前，已是说故事专家。

那一年他南下与家人团聚，有空，便讲故事给弟妹听，至今仍记得他用最简单的语言，说最毛骨悚然鬼故事。

——“行军，在空屋里扎营，席地而睡，一连几晚，同伴梦见有人推他：‘喂，热，让开点。’那人忍不住，与各人四处查看，结果在灶头下发现骸骨，啊，在他身上生火，怪不得嚷热！”

十二岁听过这个故事，至今还清楚记得，效果强劲。

他也说笑话，叫黄鱼换带鱼：“一个人到鱼贩处买鱼，挑一尾黄鱼，付账前忽然把黄鱼换带鱼，取了就走，鱼贩忙嚷：‘喂，付钱。’那人说：‘这带鱼是黄鱼换的。’鱼贩怪叫：‘黄鱼也是我的。’那人说：‘咦，我又没拿你的黄鱼。’”

后来的事，大家都知道了，他获得社会赏识，成为本市最受欢迎作家。

在他之前，本家并无人从事文艺工作，家长对他也从没类似寄望，他亦未接受过任何写作培训，真是奇怪的一件事。

痴心

下午三时多，正是女儿放学时间，门铃响，连忙赶去开门，隔着玻璃，看到她蹲着，身旁有一微笑年轻人。

啊，谁？莫非终于把朋友带回？定睛一看，噫，一点也不像阮经天，黄黄瘦瘦，貌不出众，不过，过得了她父亲那关，把他载回，想必有点意思。

正欢喜莫名要开启大门，那女生抬起头，什么，是陌生人，呵，完全会错意，表错情。

年轻男女原来是一对传道人。

当下立刻打手势道谢表示不便多谈。

怔半晌，不禁嗤一声笑。

电光石火间痴念蹿长。

真没想到会走进这个俗套里。

多年前在新闻处工作期间，有姓苏少女，她母亲一直向我们打听："她有男友没有，可有人接送，可否请各位留意一下告诉我知？"

同事代伯母做耳目，结果少女怪我们多事，大发雷霆，噫噫，我们还是她长官哩。

所有家长都关心这件事。

要叫读者一、二、三

在北美，如果一个人说："我从事写作。"对方一定会问："出版没有？"著作不获印刷出版让读者评论，即等于写日记。

第二，要叫读者看下去，翻两页，意兴阑珊，丢在一旁，即是失败，呵，请勿嫌读者口味低劣，请自我检讨，文字情节有何不妥。

接着，设法与出版社合作赚钱，喂，杀头生意有人做，蚀本生意无人做，怎可怨出版社只顾销数，世上任何一宗生意都讲盈亏，出版社也要收支平衡，诸位同人也得衣食住行。

抓住读者之后，作者要叫读者感动，最好逼使他们落泪，掩卷深叹，这简直是武侠小说中的摄魂大法，试想想，白纸黑字耳，在七彩缤纷，婀娜多诱电子娱乐世界里，让读者握紧一本书，谈何容易。

金庸说过：“作者本身感动的作品，读者也许会有同感，作者本身也不觉感动，读者肯定不会共鸣。”要多难有多难。

都做到了？请勿拖稿，一期也不可。

量子物理

爱因斯坦憎恨量子物理。

一般人无论读多少介绍、报告，仍然一头雾水，莫名其妙——譬如说，欧陆科学家最近建造的那条大规模隧道，研究分子相撞，模拟宇宙发生大爆炸那刹那，就与量子物理有关。

量子物理专注钻研一颗光子同时可在两个地方出现的现象。

那即是说，光子可以一分为二穿梭空间，那么，科幻片中，人体可经法宝从甲处迅速传到乙处，也就等于量子力学研究成功。

越说越玄，初步试验证实，不是不可能的一件事，不过，人体亿万细胞经过分析，又再合拢，虽然成分丝毫不变，但还是不是先头那个原装的人？

有点像佛偈可是。

太高深了，简直难以接受。

连爱因斯坦都觉头痛呢。

科学研究最有趣味之处是一切均在摸索阶段：宇宙正在膨胀？植物懂得照顾下一代？海洋里蕴藏多少秘密？十万个为什么。

胶布专家

有幼儿的家庭，有一样日用品不可缺少：各式大小不同的伤口胶贴，即橡皮胶布。

幼儿多动，看少十秒钟，这些闯祸坯嘭的一声不是从椅子，就是自三轮车摔下，哀哀痛哭，伤口大又烂，十分可怕，用卡通胶布一贴，待其复原，真是法宝。

稍大，升小学、做手工、运动，一不小心，伤得更重，小朋友被荆刀伤及手心，数天不愈，家长叫苦，要去医院缝针，轻轻提醒：“蝴蝶贴！”果然，把两边肌肤扯拢，不一会就黏合。

又有孩子远足脚底起水疱，怕感染，不要紧，有整只足底遮掩的胶布。

升大学，新地盘，落楼梯不小心跌碎软骨，这一下神仙胶布也不管用，只好进医院修理，拄拐杖半年。留意一下，满街损手烂脚打石膏青少年。多动之国，容易受伤。

一个假期下来，谁谁谁的大腿要上钉子，谁谁谁自雪山用担架抬下：永久扰攘。

不久成为专家，各种护膝、护肘、护腕……穿上才做工作，以免劳损，都是法宝。

缸瓦

一直听见这老话："瓷器不可撼缸瓦。"

这是劝架用的，像"大人不记小人过"之类，意谓您老身份金贵，不必同次货计较，事主一听，果然如此，怒气顿时消了一半。

唉，缸瓦无故受到低贬。

其实各有各用途，最喜欢皮蛋缸，放一只在屋内，可以养金鱼，也能种万年青，十分趣味，或是空着插伞，载不常用工具，铺一块玻璃做茶几，反转搁露台当凳坐，用途广泛。

陶器做的人俑、挂饰，憨厚可爱，另有一格，陶器不必妄自菲薄，也不用去挑衅瓷器，以图同归于尽，根本是两回事，大可相安无事，是那句俗语害人。

好似白领与蓝领之争，仿佛做不成白，蓝色也是办法，其实各有各做，社会缺一不可，近日不少女生参与建造、焊锡、林木、矿业，收入与成绩上佳，各人旨趣不同，有人选美，有人从军。

闻说有家长责备子女：“不读书将来做麦当劳。”喂，那也是正当工作，怎可以说这种话！

你写得好

报道说金庸这样对内地电影电视编导讲：“你写得好，你自己写，别改动我原著情节。”

真叫人骇笑可是。

曾亲耳听到他没好气轻轻抱怨：“这哪里是黄蓉，这简直是梅超风。”

拿到金庸原著还要改动，匪夷所思，据说一次黄药师添了女朋友，可怕。

卫兄指出编导们还有一个习性：“抄袭者一动不动全

体搬上，有正式版权者却改得面目全非。”真是经验之谈。

文人也会动气，琼瑶续拍《还珠格格》，受到批评，她如此表态：“不喜欢看请即转台。”

真是，不爱看，看别的，何必受罪，又没谁拿枪指着阁下。

从未读过《红楼梦》的大有人在，一样愉快生活，丝毫不觉任何损失，青菜萝卜，各有所爱。

不要浪费时间精力，你写得好，你自己写，什么时候了，还不拿起笔来宏图大展，把精彩作品写出示范，快快放弃资深评论员身份，改做原著人。

嫁得好

一个命理专栏名叫《嫁得好》。

二十一世纪还念念不忘嫁得好，真叫人伤感可是。

大学理科系毕业典礼，只见亚裔学子比西裔多，女生又比男生多，大家接受同等栽培，心思应放在学业与事业上。

当然，不论男女，能够找到志同道合，价值观相同的伴侣，是大大幸运。

什么叫作嫁得好？大家也许会立时三刻想到子淇，那固然是事实，但，只要对方事事以你为主，爱惜尊重，也已经足够。

记者曾问卫兄，择偶有何条件，他飞快答：“要爱我，若不，条件再好，又有何用。”小老蔡则说：“但凡男女分手，只得一个理由：爱得不够。”这两件油条的恋爱观真不由你不信。

物质条件十分非常绝对不容商榷地重要，巧妇难为无米之炊，可是，不过，在先进商业太平盛世，除非特殊疲懒，这一代用学识与力气赚取合理生活总还可以做到。

那么，嫁得好就是找到一个有什么事他会毫不犹豫支持你的人，而且，单方面没意思，你也得随时愿意为他挡枪弹。

切莫苦海载沉载浮。

职业

一份职业，即是收取酬劳的工作，付出劳力时间，换回薪水，养家活儿。

所有职业本义均如是，无论是叫人羡慕的三师，或是清高的大学教授、神秘太空署研究员，或是蓝领，像没了他们社会不行的垃圾处理工人……都是职业。

只除了一种。

那叫作家，还有，著名作家。

如果稿费收入不能叫一个人负担起衣食住行，那么，又怎可称为作家或是写作人?

充其量不过是喜欢写，业余兴趣，自家白相白相，怎可号称“誉满中国名作家”，这种溢誉不知坑死多少人，如果还因此觉得大材小用丢甩日间正经工作，更加胡闹。

一份工作如果养不活你，立刻转行，学历不足，实时补课，直至及格为止，切莫苦海载沉载浮。

作家这个身份，从前时时叫公众揶揄，女作家更加不得了，大抵是充满幻想不切实际，整日无病呻吟虚无缥缈生活无以为继的象征，吓坏人。

到了今日，人人都喜欢做异数业余作家，是一个流行新浪潮。

你不会想知道

华裔家长关怀子女功课，寻找秘方：“你是过来人，你讲一讲。”过去的事没什么好讲，只推说：“主要是看孩子兴趣”或是“看你要求如何”，甚至“时势不一样了”……

从前的学生回到家第一件事是打开书包温习写功课，无须任何人督促，尽量做到最好，挤公路车，找廉价餐厅吃午饭，也有补习——替若干低班学生补习赚取零用。

哪如今日，动用全家，中英美法数，全部在家长灼灼目光下完成，务求全体成绩 AAA，那也不过是八十六分以上，要求已经晋升到九十二或九十八，要“超过期望”。

赵钱孙李都这么做，你家敢不总动员吗？苦水浸到眼核。

津侄来信说：“倪尘的书总算读到尽头了。”骇笑，那是指他儿子已获博士衔。

唯一忠告是留前斗后，切忌过度进补，多多少少也得相帮，像着颜色做劳作，朗诵莎士比亚等，迄今想起你扮罗密欧我做朱丽叶之类，仍感趣味。

创意

欧陆比北美开放，电视与杂志广告比较，即大胆。

像平治[1]汽车这则广告，从未在北美出现。一男一女在室内缠绵，女方呢喃："这种天气，他来不到。"原来正在偷情。镜头接室外，大风雪中，一辆平治四驱车哗哗声箭一般奔驰，室内女方又再说："他来不到。"

观众担心，噫，实时要六国封相，只见四驱车在屋前停下，男子下车拍门。

[1] 平治：奔驰（Mercedes-Benz）。

门一打开，迎出女郎却非先前那个，两人紧紧拥抱。原来先前被以为“来不到”的人，在大风雪下利用性能超卓的座驾，要见的，却是另一女子，夫妻俩齐齐出轨。

最近妇女杂志一则双页广告，也叫观者大笑。一个英俊裸男，躺在草地上，重要部位只用红白格子野餐巾遮挡。他双臂枕颈后，一条眉毛扬起，表情些微无奈，像在说：“蜜糖，可以做的我都做了。”是什么广告？原来他身边放着野餐篮子与小小一瓶卡夫沙律[1]酱。

的确有创意。

[1] 沙律：沙拉。

永不太迟

加西版《明报》专讯：三名年纪加起来二百五十岁的祖母明日将参加她们生平首个高中毕业典礼，她们获得的不是荣誉文凭，而是每周到学校上课两次，通过考试和完成作业才辛辛苦苦拿到一张早在六十、七十年前就应该拿到的毕业证书。

三名高中生分别九十岁、七十岁以及七十六岁，她们读的课程帮助有志完成高中学业的长者，三名耆英[1]加上

[1] 耆英：是对老年人的一种敬称。

六十岁的教师，四个人年龄快超过三百。

七十六岁的贝克表示，早在一九五六年就该高中毕业，今日，拿到证书是一件大事。

她们成绩都不错，连感到最困难的数学，也得到 B 级分数，她们对少年学生具正面影响。

最近在周刊读到一名作者说后悔没把英语读好，为什么不立刻补课？现在也是好时光，如果不觉有何损失，那也无妨。庄子曰：吾生有涯，学海无涯，以有涯随无涯，殆矣。[1] 但假使想，可实时进修。

早有做超龄学生经验，闻说长者在此间读大学，不用缴学费，马上喊出：纯美术！

有人悄悄提醒：但也得测验考试。

若不，真可在学校耽一辈子。

---

[1] 原文为：“吾生也有涯，而知也无涯。以有涯随无涯，殆已！”

美女

报载王家卫称赞宋慧乔是亚洲最美女演员。美不美这件事，十分主观。

时代不同，审美观也不一样。

多年前与友人在半岛喝茶，看到前资生堂模特天娜周[1]走过，惊为天人，啊，华裔可有类似美人？立即答：青霞！马上得救，放下心来，继续吃喝。

今日，全城最美少女，应是超莲，他们家女孩都出

[1] 天娜周：周天娜（Tina Chow）。

奇标致，男孩端庄，通通黑西服白衬衫平头，不走时髦路线。

超莲浓眉大眼，喜穿超短裤，腿部线条美得看不到膝头，奇是奇在她一直读书，最近会计科毕业，成为专业人士，正在实习。

这一门功课十分琐碎繁重，需要极大专注及毅力方能完成，原以为她会选家族生意，或是美术、设计之类，没想到那样能吃苦。

这个貌如 living doll[1] 少女还会中文，能读能写，一次在短讯中这样抱怨："我是公众人物，不是公众玩物……"有趣到极点。

绝对是花魁。

[1] Living doll：洋娃娃。

位置

皇室有固定封衔，查尔斯王子非要待母后辞世，方能继位，女皇一日不退，他一日闲着在一旁枯等，一点办法也没有。

民间各种职位，包括大总统在内，均没有固定位置，百驹竞走，能者夺魁，除出独裁者，根本无可能父传子，子传孙。

任何家族生意，后代如果做得不妥，长辈肯定第一个把他撵走。

至于文艺工作，因不太讲究学历与背景，更是百分百依靠天分能力，并无固定俸禄地位，公众一不喜欢，实时落马，若无观赏价值，一早淘汰。

公众多心，趣味易变，简直天威莫测，他们可以同时爱上甲乙丙，阿丁与阿戊不必吃醋，宜练好功夫待行运，光是抱怨，届时眼白白看着爱皮西得宠。

自由社会，有容乃大，百花齐放，根本没有宝座，在大学里，毕业试头一名可拿金牌奖学金，不设名额，三十名学生全体一百分，就是三十面金牌。

社会各行各业也如此，曾经一度打开副刊栏，粒粒明星，美不胜收。

双眉

别的不好说，但是眉毛，真是天然为佳。

女性喜欢折腾双眉，一直不满它们形状粗细，天天画画画拔拔拔，渐渐眉毛不再长出，后悔莫及，于是发明文眉，有人自创一格，高高画成⋀⋀形，或是索性倒竖葱\/，怪得不能再怪。

化妆品部售透空眉型纸，何种脸型配哪种眉毛，有好些选择，把眉型纸搁眉毛位置，描上颜色即可。

美容品中有眉毛及睫毛增长膏，天天早晚用，效果显著云云。

最近有矫形师发明把后颈上头皮连头发切下小片，移植眉毛位置，待其自然生长，是最极端做法。

眉毛是面相重要部位：眉清目秀、浓眉大眼，都是好相。

有时细视幼儿，不少已长有整整齐齐、细巧弯弯蛾眉，真叫人羡慕，漂亮男子则拥有剑眉星目，没有眉毛的男女老幼，都有点异相。

维持美眉有何秘诀？不要动它，乌亮健康头发呢？切勿烫卷烘烤，健康双足？要丢甩高跟鞋。

说时易做时难可是。

传媒的热情

都会地窄人多，传媒热情，早就一班特喜出风头人物，时时做些石破天惊事情，希望得到名气，那么，或许，利益跟着而来。

可是，传媒犹如一把铡刀，自动献身，乱揭内幕，把至大私隐拿出，等于把头颅搁到刀下，咔嚓一声，身首二处。

传媒是否真的那么热情，也不见得，篇幅何等金贵，新闻多得车载斗量，一日之后，至多三天，又报道别的秘闻去了，谁还理会昨日之事，阁下伤害那么多人的内幕，已变作凄凉秋扇黄叶。

但是，切下的头，却驳不回去，余生只好做一个没有头的人。

稍有生活经验的人都知道，人怕出名猪怕壮，吃名气饭的人无可奈何，幸运者大可冰清玉洁过一生，就不必惹这传媒蜂窝了。

友人被传媒挖苦足三天，问他："还在说你吗？"他极度遗憾："Should be so lucky！早就停止，把我丢脑后了。"

如果仍觉值得，那么，尽管劳驾传媒好了。

巫术

这件事，流传久远，许多人，都宁可信其有。

据说云贵南洋一带，有蛊术，俗称降头，一个人，在巫师面前发誓，一定会履行一件事，若不，甘愿受到责罚。

最厉害一种，叫作血降，即取对方性命，巫师通常会智慧地警告苦主：“这种恶毒诅咒，需要一命换一命，一旦施下蛊咒，阁下也得陪葬。”

真可怕可是，什么深仇大恨，非要整死对方不可，赔上自家性命，在所不惜。

卫斯理小说中推理，认为蛊毒是控制人体内分泌一种微生物，譬如说，一个人心变，内分泌只要产生些微变化，蛊毒立即大量繁殖。

洋人有一个说法：不要踩人，你的脚踏在他身上，阻你高飞，这叫作两败俱伤，真正损人不利己乃天下最蠢之事。

怨恨的负能量去到某一强烈地步，旁人退避三舍，以防中毒，这也可称蛊毒现象，自心中长出，细胞败坏，药石无灵。

也许世上根本没有巫师，也许控制毒素分泌者，是我们自身。

时间

如果时间越来越紧逼，那么，只给两类人，一、得益最多者，以及二、你最喜欢见的人，余者，推却割爱。

谁、谁自你的时间精力得益最多？很多人说那是家人，如果家庭最重要，那么，请辛勤、忍耐、好好守住工作，维持可靠收入，按年晋升，负责照顾家庭。

如不，一个人可以十分潇洒过一生，良友损友，饭友酒友牌友，一起胡闹凑兴，时间更易过，自由社会，自由选择。

时间越来越快过，一星期七天，少年时相当经用，周末还可通宵，但到了今日，仿佛被谁偷去一天，或是两天——啊，又是周六？更要精打细算、非早起不可。

这好像是一个老套励志故事：光顾街坊麦记快餐厅多年，看着一名南亚裔移民自清洁做起，渐渐升到收银，再任经理，笑嘻嘻敬业乐业。麦记是美国五百大企业之一，说不定他取下营业权，成为店主。

还到戏院看电影？一顿饭吃三四小时吗？真的奢侈，少年时与友人在电话说两个钟头，意犹未尽，去茶座再谈，活该有今日。

多与久

据说资本主义的精髓是“赚得多少是多少，能赚多久是多久”。

真爱听这样合情合理的话。

机会来了，自然该好利用，千万不要乱摆姿势，把事情弄僵，中国人说的争财不争气，就是这个意思。

那么，是否见利就该忘义？

当然不，如果什么钱都赚，那么，即使赚得多，亦不会长久。

一定要在“多”与“久”之间取一个最佳利益点，有时要放弃多，有时要放弃久，各人有各人的选择，各人有各人的心思。

要是真等不及了，有急用，那么，无论怎么样的钱，也只得赚了再说，顾不得体面前途。

如否，太腌臜太麻烦的生意，还是不要接来做，以免影响职业寿命。

现代人比较心急，一听得多，便不理有多久，反正过一日算一日，最重要的是今天。将来，管它呢。

可是，呀，今日也是昨日的将来呢，不理今日，哪有明日？

还是得小心盘算。

陆

电
影

喏，最多不过如此，那个世界，远远没有这个世界可怕。

高处

大观园诸芳，别的本事没有，最会叽喳，嘴巴不停嘟嘟，而且都认为受了无限委屈，我是人非，苦到极限，王夫人说：“一看……聪明全露在外边。”便是她们从不想过更正的缺点。

一日，大丫头晴雯说了小丫头小红几句，小红反驳，晴雯这样讽刺她：“哟，是什么把你喂得这么大，鸟儿拣高枝飞，一辈子别下来才好。”其实这话不偏不倚正好说中晴雯自身。

别下来才好。

真是惊世恒言，那么，有机会，还往不往上走？地下闷热枯燥，无风景无趣味，有机会向上，还是得登山。

不过，话就别那么多了。

友人一向不表示意见，找他说话最无趣，不是“我看仔细些才讲”，就是，“我不在现场，我不清楚”，不扮聪明，也不装蠢，恰到好处。

聪明，留在工作上用吧，比较幸运的现代女性，大都有一份职业，可别保留大小丫鬟性格，同事之间一人少一句最妥当。

相反意见

到了一个年纪，看人看事，常有相反意见。

一日翻开娱乐版，只见好几个年轻貌美身段强劲的女艺员戏水，有些剪破 T 恤，有些俯身抢镜，有些挤向男艺人，嘻嘻哈哈，好不热闹。

但不知怎的，忽觉伤感，类似快捷方式，历来不乏少女冒险赌一记上路，不少还真的觅得功名，但，这么多人不约而同往窄路上挤，出尽百宝，放下身段，决一死战，确前所未有，可见时势的确是险峻了。

又有一日，逛商场，见一岁余幼儿，扭住母亲不放，一直咕哝，不禁多看两眼，谁知就惹恼了他：看，看什么？咚咚咚走近，狰狞地笑，伸出胖胖手臂，扔出一块薯片，表示抗议。

他妈妈大惊失色，把他拉到一边论理，这边观众却忍不住哇哈大笑。怎么动气呢，太有趣了。

做长者也有好处，可以对小青年说：牛仔裤子太窄，有碍发育，头发别遮额角，无男子气概……听不听由他们，多数换回微笑："谢谢阿姨。"

他拼命为出气，别人称好，"不，这不是胜利，他会吃苦。""还早着呢，这么快庆功？"专泼冷水，看淡市场，皆因已经看过。

不予谈判

这件事或许令人意外。

当年在新闻处当夜更，模拟飞机场被恐怖分子占据，控制人质，要求谈判，传媒通过新闻处获得最新讯息，上司总新闻主任示下：“不与恐怖分子谈判。”

什么，那班人质如何？他微微侧头，啊，明白。

原来“我们要午餐饮料一百万现款一架直升机，否则每十分钟枪决 名人质”之类全属电影情节，增加可怕气氛，实情多数国家从不与恐怖分子谈判。

谈判，即意图妥协，让对方知道这个练门，威信无存，没完没了，助长黑色势力，后果堪虞，今日要一百，明日要三千，再下次数万，增到百万，如何应付。

至于人质，只好算纯属不幸，在错误的时间置身错误地点，壮烈牺牲。

让恐怖分子知道，他们不会胜利。

国家如此，个人也如是，不能害怕，要站稳立场，不可示弱，维持一定原则。

不至于这样凄厉？那是入世未深的人的看法。

尊严！

十六世纪某贵妇被判斩首，临阵拉拉扯扯，哭叫“不，不”，随从劝止：“大人，尊严，尊严！”

苏格兰玛丽女皇示范正确做法，镇静手握《圣经》走上刑台，唰一声除下黑袍，露出内里红色长裙，表示是殉教者，静静伏到砧板上。

英人最讲自重，凡是高声说话、大声咀嚼、打尖、不礼让妇孺，通通是无礼，有欠尊重；不懂守礼，即不知自爱，等于没有尊严。

一进入英国国际机场，第一感觉是静，根本不似公众地方。

又一般急症室一定有忍不住喊痛的病人，与焦急催人的家属，英人医院特静，人人死忍，没有例外。情绪会得传染，一人静，大家也安定，一人嘈吵，旁人也不甘示弱，结果一片混乱。

这个商业都会不重视文艺工作，写作人尤其吃亏，统共没有尊严，唯一可做的便是自重，既然心甘情愿入了该行，也就得做个明白人，苦乐自知。

最玄的说法是，不接受侮辱，罗斯福夫人说过："没有人可以侮辱你，除非你接受侮辱。"

请放手

“不要送大学生上学。”学府这样劝告。

吃惯苦的我辈读到如此讯息不禁瞠目。

这是几时开始的事，到了今年，变得这样明目张胆，引得大学出声。

华文报大字标题图文并茂：《两代长辈陪华女入大学》。照片中看到满面笑容的祖父母，父母，还有一名男朋友，浩浩荡荡，当件大事来做，叹为观止。来日顺利毕业，取得学位，又该如何？

旁人真笑不出。

又都会争学前班名额，动用全家通宵到幼儿园门外轮队排位，这都是干什么？华人把“唯有读书高”这句话提升到另一诡秘境界，统共忘记中庸之道，适可而止。

都还是家境十分普通人家，富养娇宠子女，心态难以了解。读大学一半功课是学习独立，下雨落雹，自身克服，衣物食物，自己处理，还得做妥学业，寻找兼职，打理仪容，物色对象。

喂，老父老母有朝一日总会乘鹤归西，该等依赖成性的少年怎么办？

想想。

五官

五官天生如此，无可奈何，不见得，洋人说：过了三十，人得对自己的嘴脸负责。

这指表情，五官平放，丑或美，没有问题，一旦在不适当之际，做出贪婪、不屑、气愤之态，相由心生，像斜眼看扁人，当众揶揄取笑他人，幸灾乐祸唯恐不乱等嘴脸，都得自身负责。

除此之外，请整顿仪容，头发洗干净梳好，牙齿刷白，清理皮肤，衣着称身适合年龄，不要辜负来这花花世界一趟。

电视有一主持人，说话之际，手舞足蹈，四肢大规模律动，五官夸张扭曲，叫观众不舒服，华人太特别注意文与静，坐如钟，站如松，目对鼻，鼻对心，小儿过度活泼或多话，都要纠正。

长辈不教，社会教诲起来，严格十倍，稍有错失，即刻淘汰。

爱装鬼脸小学生反制度反传统，老师说他三次不听，含蓄的大人实时放弃，报告出来，请他转校。

都耄耋了，还如此，坚持我是人非，吃亏无数，仍坚持歪见，倒也顽强，那张脸，特别难看。

恐怖电影

恐怖电影预告一定这样说："这一部比上集更可怕……"不外是游魂野鬼寻仇，或是怪兽异形侵略地球。

蓄长发女友嗤之以鼻："有什么可怕，一日大雨挤公路车到家，一照镜子，活脱儿就是贞子。"大家骇笑。有些观众，看到银幕上大白鲨大蟑螂都吓得半死，真是可爱。

尤其是那些戴着面具的凶手，每套戏都追逐尖叫少女，她们也不学乖，早就该准备自动步枪，一按掣连发一百枚子弹自卫。

童年时看过的黑湖妖，此刻已成经典，具思考余地的灵魂学电视片集《迷离境界》，仍值得重看。

什么才是真正恐怖电影?《舒特拉名单》[1]《纳粹狂魔》《萤之墓》《追杀拉登》[2]……

还有，谁才是最可怕的人？不是德州电锯杀手，是一直缠扰女性不放以致要知会警方发出禁制令的人物。

恐怖电影的作用是：喏，最多不过如此，那个世界，远远没有这个世界可怕。

——全书完——

[1] 《舒特拉名单》:《辛德勒的名单》(*Schindler's List*)。
[2] 《追杀拉登》:《猎杀本·拉登》(*Zero Dark Thirty*)。

图书在版编目（CIP）数据

如果有，还未找到 / 亦舒著 . —长沙：湖南文艺出版社，2018.1
ISBN 978-7-5404-8281-7

Ⅰ . ①如… Ⅱ . ①亦… Ⅲ . ①散文集—中国—当代 Ⅳ . ① I267

中国版本图书馆 CIP 数据核字（2017）第 196116 号

上架建议：畅销 · 散文集

RUGUO YOU, HAI WEI ZHAO DAO
如果有，还未找到

作　　者：亦　舒
出 版 人：曾赛丰
责任编辑：薛　健　刘诗哲
监　　制：毛闽峰　赵　萌　李　娜
特约监制：刘　霁　郑中莉
策划编辑：李　颖　谢晓梅　张丛丛　杨　祎
文案编辑：王苏苏
营销编辑：贾竹婷　雷清清　刘　珣
封面设计：利　锐
版式设计：李　洁
出版发行：湖南文艺出版社
（长沙市雨花区东二环一段 508 号　邮编：410014）
网　　址：www.hnwy.net
印　　刷：北京鹏润伟业印刷有限公司
经　　销：新华书店
开　　本：775mm × 1120mm　1/32
字　　数：130 千字
印　　张：8.5
版　　次：2018 年 1 月第 1 版
印　　次：2018 年 1 月第 1 次印刷
书　　号：ISBN 978-7-5404-8281-7
定　　价：48.00 元

若有质量问题，请致电质量监督电话：010-59096394
团购电话：010-59320018